Série Vaga-Lume

OS PEQUENOS JANGADEIROS

Aristides Fraga Lima

Ilustrações
Rhadamés de Sant'Anna

editora ática

Este livro apresenta o mesmo texto das edições anteriores.

Os pequenos jangadeiros
© Aristides Fraga Lima, 1984

Editor	Antônio do Amaral Rocha
Coordenadora de revisão	Ivany Picasso Batista
Revisora	Cátia de Almeida
ARTE	
Layout de capa	Ary A. Normanha
Diagramação	Elaine Regina de Oliveira
Arte-final	René Etiene Ardanuy

CIP-BRASIL. CATALOGAÇÃO NA FONTE
SINDICATO NACIONAL DOS EDITORES DE LIVROS, RJ

L696p
13.ed.

Lima, Aristides Fraga
 Os pequenos jangadeiros / Aristides Fraga Lima ; ilustrações
Rhadamés de Sant'Anna. - 13.ed. - São Paulo : Ática, 2000.
 96p. : il. - (Vaga-Lume)

 Contém suplemento de leitura
 ISBN 978-85-08-01762-1

 1. Novela infantojuvenil brasileira. I. Sant'Anna, Rhadamés de. II.
Título. III. Série.

10-4490.   CDD: 028.5
                                            CDU: 087.5

ISBN 978 85 08 01762-1

CL: 732009
CAE: 232190

2023
13ª edição
23ªimpressão
Impressão e acabamento: Forma Certa

Todos os direitos reservados pela Editora Ática S.A.
Avenida das Nações Unidas, 7221
Pinheiros – São Paulo – SP – CEP 05425-902
Atendimento ao cliente: (0xx11) 4003-3061 – atendimento@aticascipione.com.br
www.aticascipione.com.br

IMPORTANTE: Ao comprar um livro, você remunera e reconhece o trabalho do autor e o de muitos outros profissionais envolvidos na produção editorial e na comercialização das obras: editores, revisores, diagramadores, ilustradores, gráficos, divulgadores, distribuidores, livreiros, entre outros. Ajude-nos a combater a cópia ilegal! Ela gera desemprego, prejudica a difusão da cultura e encarece os livros que você compra.

EDITORA AFILIADA

ENFRENTANDO OS DESAFIOS DE UM GRANDE RIO

Mário, Otávio e Marco Antônio queriam aproveitar bem as férias. Decidiram fazer uma excursão pelo rio São Francisco. E de jangada. Para isso, contavam com a ajuda do Velho Quinquim, um experiente pescador, que conhecia muito bem os segredos e perigos daquelas águas. Mas as surpresas acontecem quando menos se espera...

Em **Os pequenos jangadeiros** você viverá uma inesquecível aventura ambientada na região de um dos rios mais importantes do Brasil. Além de muita ação e momentos emocionantes, esta história apresenta ainda uma profunda mensagem de amor à natureza e um alerta sobre a necessidade de sua preservação.

Na companhia de Mário, Otávio e Marco Antônio, venha enfrentar todos os desafios da navegação fluvial e descobrir como é possível percorrer um rio tão grande numa embarcação tão pequena. Boa viagem.

CONHECENDO

Aristides Fraga Lima

Foi já na infância que Aristides Fraga Lima descobriu duas coisas que o fascinariam a vida inteira: os mistérios da natureza, tão bem retratados neste **Os pequenos jangadeiros**, e o gosto pela literatura. "Um dia vou ser escritor", disse a seus pais, com apenas cinco anos. O sonho se tornou realidade. Nascido em Paripiranga (BA), em 1923, Aristides cresceu no interior da Bahia e Sergipe. Formado em Letras Neolatinas e em Ciências Jurídicas Sociais, foi professor de línguas.
Outro livro publicado por ele também na Série Vaga-Lume é **Perigos no mar**.
Faleceu em 1996.

A Solange,
esposa e companheira
incondicional de todos
os momentos

INTRODUÇÃO

Às margens dos grandes rios sempre cresceram importantes civilizações. Foi assim que se tornaram célebres, desde os tempos bíblicos, os rios Tigre, Eufrates e Nilo.

Entre os dois primeiros, nasceu a Babilônia; junto ao último brotou o Egito. Duas civilizações que, com o tempo, afastaram-se das águas daqueles rios, cresceram e foram modelos que até hoje são lembrados pela Humanidade.

Entre nós, no Brasil, o São Francisco é um dos grandes rios a atravessar nosso território. Filho da serra da Canastra, no Estado de Minas Gerais, percorre uma extensão de mais de três mil quilômetros em direção ao norte e ao leste, vindo lançar-se no Oceano Atlântico, onde desembocam suas águas.

Navegável em muitos trechos, o curso do São Francisco atinge os Estados de Minas, Bahia, Pernambuco, Alagoas e Sergipe. São muitas as cidades, e inumeráveis os povoados e vilas que nasceram e vivem às margens desse rio.

Dele, o homem tira tudo: a força das águas, o peixe da melhor qualidade, a água potável, e até os resíduos: o lodo que se deposita nas margens é fonte de vida, pois fertiliza as plantações ribeirinhas.

Entre as povoações nascidas às margens do São Francisco, destacam-se, pelo seu valor cultural e histórico, as cidades de Juazeiro, na Bahia, e Petrolina, em Pernambuco. Olham-se de frente, uma à outra, como partes de um mesmo fruto que as águas do grande rio dividem.

Aí, na cidade de Juazeiro, mora o menino Mário, que convidou a passar as férias consigo dois primos, Otávio, de catorze anos, e Marco Antônio, de doze, residentes em Salvador. É com eles que você vai conviver neste livro, acompanhando todas as etapas de sua interessante aventura.

Fraga Lima

1 — OS PRIMOS

— Pai, eles chegam hoje.
— Eles quem, filho?
— Os primos Otávio e Marco Antônio... Eu escrevi uma carta para eles convidando-os a passar as férias aqui.
— Ótimo, filho. Isto vai ser muito bom.
— Vamos esperá-los na Estação?
— Vamos.
Pai e filho olharam os relógios:
— Faltam duas horas ainda, pai, para o trem chegar.
— É verdade, Mário. Daqui a pouco iremos lá.
O Sr. Amâncio tomou um último gole de café e se levantou, disposto a sair.
— Vai sair, pai?
— Daqui a uma hora estarei de volta.
Mário e a mãe, sentados ainda à mesa, continuaram a conversar.
— Que bom, meu filho, que seus primos venham para aqui. Vocês vão ter umas ótimas férias. Vamos lá em cima preparar o seu quarto para alojar seus primos. Eles vão dormir com você lá em cima.
— Ótimo, mãe!
Quando o Sr. Amâncio chegou já tudo estava arrumado, o quarto de Mário com três camas.
— Está na hora, pai. Vamos à Estação?
— Vamos.
Lá chegando, não tiveram muito que esperar, pois o trem vinha no horário certo.

Os dois, de pé no calçadão da Estação, aguardavam a chegada do trem que já apontava na reta final. Até o bater do sino já se ouvia.

Passou a máquina, passou o vagão bagageiro, passou uma classe de passageiros, mais outra, mais outra... na quinta...
— Lá estão eles, pai! — gritou Mário.

O Sr. Amâncio olhou...

As duas carinhas alegres, sorridentes, olhavam para fora por uma janela do trem.

— Oi! — gritou Mário quando eles passavam, o comboio ainda em movimento.

— Oi, Mário! Oi, tio! — responderam eles com as mãos levantadas.

Os freios do trem chiaram e toda a composição parou.

Uma multidão se comprimia nas portas dos vagões buscando sair quanto antes, aos empurrões. Dentre ela escaparam os dois irmãos que vieram cair nos braços do tio e do primo na maior demonstração de alegria e felicidade.

— E o mano e a cunhada como vão? — perguntou o Sr. Amâncio.

— Vão bem, tio. E mandaram abraços para o senhor e a tia Maria — respondeu Marco Antônio.

— Mário, vamos pegar as maletas no bagageiro — convidou Otávio.

Os dois se encaminharam para lá, donde voltaram logo, trazendo duas maletas de mão.

Tomaram todos o caminho de casa.

No percurso já os três iam planejando o modo como gastar, com o maior proveito possível, o tempo das férias. Caçar, pescar, passear de barco — eram aventuras que haveriam de praticar naqueles dias.

Chegados em casa e recebidos pela mãe e tia, os três se encaminharam para o dormitório, onde Mário convidou os primos a olharem o rio São Francisco...

— Que beleza!

— Que maravilha!

Foram as exclamações dos dois recém-chegados.

E boquiabertos ficaram a olhar as águas.

O Sr. Amâncio chegou por trás e pondo as mãos na cabeça dos dois falou ao filho e aos sobrinhos:

— Quem vem passar férias nas margens de um rio, logo pensa em pescar, não é verdade?

— É mesmo, tio — responderam os dois irmãos.

— Pois bem. Vamos pensar nisto. E a melhor embarcação para se pescar é jangada: fácil de manobrar, leve, dificil-

8

mente vira, e, ainda que vire, não afunda; por isso, ninguém se afoga.

— Mas nós não temos jangada, pai — disse Mário.

— Isso tem jeito de ser resolvido. Vocês podem ir à casa do compadre Zeca, ou à sua oficina, e encomendar a ele uma boa jangada.

Ditas estas palavras, o que o Sr. Amâncio viu no semblante do filho e dos sobrinhos foram sinais de intensa emoção. Voltou-se e desceu a escada.

Os três meninos ficaram um tempo parados considerando o alcance daquelas palavras, depois romperam numa risadaria cheia de exclamações e perguntas sem respostas.

E logo combinaram que no dia seguinte estariam na oficina de seu Zeca para fazer-lhe a encomenda.

2 — O ARMADOR

Seu Zeca era um nome; e um padrão. Em trabalhos de madeira, ele entendia de tudo. Era carpinteiro, marceneiro e até entalhador, pois muitos dos móveis que ele fabricava traziam baixos e altos-relevos — florões e figuras exóticas que os enfeitavam. Não raro, até, fez alguma carranca para adornar a proa de algum saveiro ou barco que cruzava o grande rio São Francisco. De madeira, seu Zeca fazia tudo. Toda gente sabia disto e havia até quem dissesse que ele só não fazia dinheiro...

A oficina de seu Zeca ficava bem próxima à margem do rio, no lado da Bahia, na cidade de Juazeiro. Ali funcionava, inclusive, um pequeno estaleiro, donde, muitas vezes, seu Zeca viu escorregarem para a água do rio barcos feitos por ele, prontos para viajar, transportando cargas e gente, ou levando pescadores profissionais ao seu trabalho diário.

Para si próprio, seu Zeca construíra um barco com cerca de oito metros de comprimento. Servia-lhe para transportar móveis que prometera entregar em algum porto nas margens do rio, ou, em tempo de folga, para levar a família a algum passeio ou acompanhar algum festejo religioso.

Tantos barcos seu Zeca já fizera que, muitas vezes, ao viajar em algum deles, não lhe cobravam a passagem. Indagando o motivo da gentileza, frequentemente obteve esta resposta:

— O senhor já esqueceu que este barco é seu filho?

Só então olhava melhor e via gravado no bico da proa o Z do seu apelido.

Um dia seu Zeca estava na oficina, trabalhando na montagem de uma mesa, quando entraram porta adentro três garotos muito alegres. Um deles, com seus quinze anos, era muito seu conhecido. Era Mário, filho do compadre Amâncio, negociante, que, nas horas de folga, também era pescador.

— Em que posso servir vocês? — foi logo perguntando.

— Seu Zeca — falou o maior dos três — nós queríamos que o senhor fizesse uma jangada para nós...

— Bem — respondeu seu Zeca — vamos conversar melhor para nos entendermos.

E pondo de lado o martelo e a lata de cola que tinha na mão, disse: — Sentem-se aqui — ao mesmo tempo que puxava tamboretes e oferecia aos meninos para se sentarem.

Os meninos sentaram-se. E Mário, o mais velho, repetiu a proposta:

— Nós queremos que o senhor faça uma jangada...

— E para que os meninos querem uma jangada? — perguntou o armador.

— Nós queremos fazer uma pescaria nestas férias.

— Nós, quem? — quis saber seu Zeca.

— Nós três e mais um pescador nosso amigo; talvez o senhor o conheça: é o Velho Quinquim...

— Ora, se conheço! É bom companheiro. E quem são estes dois, seus amigos?

— São meus primos que vieram de Salvador passar férias aqui em nossa casa. São como irmãos meus: este é Otávio, o

— Seu Zeca — falou Mário — nós queríamos que o senhor fizesse uma jangada para nós...

mais velho, e o outro é Marco Antônio. São irmãos, filhos de um tio meu.

— Bem, então vamos tratar do assunto. Seu pai, o compadre Amâncio, sabe dessa pescaria?

— Sabe, sim. Ele está de acordo. Ele sabe que nós vamos pescar com o seu Quinquim.

— Muito bem. Eu posso fazer a jangada, mas vai levar alguns dias...

— Não tem importância, seu Zeca. As férias começaram agora e nós temos muitos dias ainda pela frente.

— Eu já tenho aí uns paus próprios — pau-pombo —, madeira leve, boa, própria para fazer jangada.

— Então, seu Zeca, quando o senhor tiver tempo, mãos à obra. Já combinei com meu pai: ele pagará o que for justo.

— Não se preocupem com isso. Eu e seu pai nos entendemos muito bem. Deixe comigo.

— Certo, seu Zeca. Nós ficamos muito agradecidos.

— Não tem de quê.

Os três garotos despediram-se apertando a mão calosa do armador, que sorriu vendo a alegria estampada nos seus rostos juvenis.

Os meninos mal saíram à rua e, ainda na porta da oficina, abraçaram-se e começaram a pular de satisfação. Seu Zeca voltou ao trabalho. Estava concluindo uma tarefa: mesa e seis cadeiras, mobília de sala de jantar que lhe encomendara um moço que ia casar naquele Natal.

Era meado de dezembro. E, como sempre acontecera, as encomendas de obras de madeira, principalmente móveis, eram muitas. Mas seu Zeca era um homem rápido e metódico no trabalho. Por esta razão, nunca atrasou um pedido nem deixou insatisfeito um freguês. Tudo que lhe solicitavam era entregue a tempo.

Concluída a mesa, antes de descansar um pouco, foi dar uma olhadela no seu depósito de madeira e viu que não se enganara: ali estavam realmente algumas peças de pau-pombo, boas e suficientes para fazer uma jangada de bom tamanho.

— Os meninos vão ficar satisfeitos — murmurou para si mesmo.

3 — A JANGADA

Em poucos minutos os meninos chegaram em casa. Mário, o mais velho do grupo, dirigiu-se ao pai, contando-lhe a conversa que tivera com seu Zeca:

— Estivemos com ele, pai, e fizemos a encomenda da jangada.

— E quando ficará pronta? — quis saber o Sr. Amâncio.

— Ele não disse; mas adiantou que vai demorar um pouco, pois está atarefado com uma porção de encomendas. Talvez só em janeiro...

— Não faz mal. Vocês têm muito com que se divertir e descansar. Depois falarei com seu Zeca. Agora — acrescentou —, vão fazer o que vocês quiserem, que eu preciso ir trabalhar. Divirtam-se.

E saiu para sua loja de tecidos.

Os três ficaram ainda a conversar um pouco na sala de jantar; depois subiram para o quarto de Mário, transformado em dormitório coletivo, com três camas.

A casa do Sr. Amâncio ficava numa rua tranquila, com árvores na parte mais alta. Era simples, espaçosa, com amplo jardim na frente e um quintal que era quase um pomar. Não tinha propriamente um andar superior, mas um tipo de água-furtada, com dois cômodos — um quarto amplo e um banheiro. Uma grande janela sobre o telhado da casa dava vista para o rio. Era aí o quarto de Mário e seus dois primos Otávio e Marco Antônio.

Os três constantemente ficavam à janela olhando o rio, que era a atração irresistível para eles.

— Um passeio nesse rio, descendo de jangada, para nós que moramos em Salvador, deve ser uma loucura de bom! — exclamou Otávio.

— Eu também penso assim... — acrescentou Marco Antônio. — Já pensou? Pescar e comer o peixe que a gente mesmo pescou?

— Para mim isso não é novidade — disse Mário. — Já pesquei muitas vezes com o Velho Quinquim. Mas posso garantir que é uma coisa boa e emocionante. Vocês vão ver.

— Eu estou doido para que chegue o dia de zarpar rio abaixo — disse Otávio.
— E eu então! — acrescentou Marco Antônio.
Os três ficaram ainda à janela algum tempo; depois Mário convidou os primos para traçarem os planos da viagem:
— Vamos sentar e pensar nas coisas que devemos levar na jangada.
— Vamos — responderam os outros dois.
E sentaram-se numa das camas.
O pai de Mário era pescador nas horas vagas. Negociante de tecidos por profissão, tinha na caça e na pesca os seus esportes preferidos. Por isso, como todo pescador do rio São Francisco, carregava sempre, com os apetrechos de pescaria, uma boa arma de fogo — um rifle Winchester. Com ele já abatera alguns jacarés e serpentes das águas, e dera as primeiras lições de tiro ao filho.
— Aqui em casa — disse Mário aos dois primos —, nós temos tudo de que precisamos para a nossa aventura: meu pai tem anzóis e armas, facões, lona de barraca...
— Ótimo, assim não precisamos comprar mais nada — falou Otávio.
Passaram-se os dias.
Depois dos festejos natalinos, os três garotos voltaram à oficina de seu Zeca. Os paus da jangada já estavam no estaleiro, aguardando serem trabalhados. Os meninos ficaram animados.
— Mas não pensem que está pronta em uma semana — observou o armador. — Não se faz uma boa jangada tão rápido assim.
— E quando o senhor vai começar, seu Zeca? — perguntou Marco Antônio.
— Amanhã, meninos; amanhã cedo eu começarei.
— Quer uns ajudantes? — perguntou Mário.
— Se não vierem me atrapalhar, eu aceito — disse seu Zeca sorrindo.
— Não vamos atrapalhar — falou Otávio.
— A gente pode ajudar bastante — acrescentou Marco Antônio.
— Estou brincando com vocês — disse o velho armador, pousando a mão no ombro de Marco Antônio. — Podem vir

amanhã pela manhã. Eu vou ensinar a vocês como manejar ferramentas e armar uma jangada.

— É trato feito, seu Zeca; estaremos aqui logo depois do café.

— Trato feito — concluiu seu Zeca.

No outro dia lá estavam, pelas oito horas, os três ajudantes, aprendizes de armador. Foram recebidos com alegria pelo exímio carpinteiro, e conduzidos ao estaleiro, onde seria feito o trabalho.

Sentaram-se como puderam em paus deitados, que havia muitos pelo chão. Seu Zeca abriu um grande armário e sacou de dentro duas ferramentas com que iniciaria o trabalho: um machado e uma enxó. Começou então a desbastar as extremidades dos toros de madeira, dando-lhes forma que favorecesse o deslizar sobre as águas. Aproveitando uma ligeira curva que tinham todos os paus, procurava dar-lhes a aparência que teriam no conjunto: semelhante à quilha de um barco.

O machado trabalhava compassado e vigoroso. As lascas voavam em todas as direções, ameaçando até atingir os meninos, que se defendiam entre risos e piadas. Em breve eles começaram a perceber a forma que iam adquirindo os paus trabalhados. Mas perceberam, também, que o trabalho não era pouco para um homem só.

Preparado um pau, outro era posto no lugar e os golpes de machado se repetiam. Quando soou meio-dia no relógio da Matriz, os cinco paus estavam despontados.

Os meninos se despediram, prometendo voltar à tarde. E voltaram mesmo. Seu Zeca já trabalhava com a enxó. Aperfeiçoava os golpes do machado, dando ao trabalho um melhor acabamento. Nisto levou a tarde.

— Estão vendo como é trabalhoso fazer uma jangada? — observou aos meninos.

— Não há dúvida, seu Zeca — respondeu Mário. — Mas, também, estamos vendo que o senhor está fazendo uma jangada muito grande, não?

— E tem que ser. Vocês mais o Velho Quinquim serão quatro. Precisam de espaço para andar e descansar, sentar à vontade... uma jangada pequena não daria para nada.

— E de que tamanho será, seu Zeca? — perguntou Marco Antônio.

— Estes paus têm oito metros de tamanho; e cada um tem aproximadamente trinta centímetros de largura; os cinco darão uma largura de um metro e meio à jangada. São ótimas proporções.

— Puxa! — exclamou Marco Antônio. — Vai daqui até ali a largura — acrescentou, medindo o espaço no chão.

— Amanhã espero vocês aqui novamente. Hoje vocês só fizeram olhar, mas amanhã eu tenho trabalho para todos — disse o armador.

Os meninos se despediram levando já, na mente, a ideia da jangada.

No dia seguinte, uma quarta-feira, a tarefa não era pequena: fazer três furos em cada pau, atravessando-os de lado a lado, por onde passariam as arreias que prenderiam os paus num conjunto, formando uma verdadeira esteira — o lastro da jangada.

Seu Zeca mediu e marcou todos os furos e começou a cavá-los com formão.

— Eu posso ajudar o senhor nesse trabalho, seu Zeca... — propôs Mário.

O armador orientou o menino e ele começou realmente a cavar o pau com desembaraço.

Otávio também se ofereceu e depois Marco Antônio. Em breve eram quatro formões que trabalhavam.

O barulho na oficina era ensurdecedor: quatro martelos batiam nos cabos dos formões, abrindo furos. E não se ouvia outra coisa além dessas pancadas secas.

De repente, um grito ecoou dentro da oficina, um grito de dor. Era o Marco Antônio, que agora estava gemendo, com a mão esquerda erguida no ar e o semblante marcado pela dor.

— Que foi isto? — perguntou Mário.

— Que aconteceu, meu filho? — inquiriu aflito seu Zeca.

— Bati o martelo no dedo — explicou Marco Antônio, com os olhos brilhantes de lágrima. Ele agarrava a mão esquerda com a direita e soprava o dedo atingido pelo acidente.

— Tenha calma, Marco Antônio — tranquilizou-o o armador —, que a dor já vai passar.

E correu lá dentro para buscar um remédio. Enquanto isto, Mário e Otávio pararam o trabalho e se aproximaram de Marco Antônio, para ver as proporções do acidente.

O martelo atingira o dedo polegar esquerdo do menino, ferindo-o de lado. O sangue gotejava e a unha já arroxeara. Seu Zeca chegou trazendo um algodão empapado num líquido escuro, gaze e esparadrapo. Fez um rápido curativo. E em breve o menino sentiu aliviar a dor com a presença do bálsamo.

— Agora você não pode trabalhar. Vai ficar só olhando... — disse seu Zeca, acariciando a cabeça do menino.

Voltaram os três ao trabalho, e Marco Antônio sentou-se num tamborete a olhá-los.

Em pouco tempo os furos foram feitos. Naturalmente o armador teve que consertar alguns, para deixá-los todos correspondendo uns aos outros, pois do contrário as travessas de prender e as arreias não penetrariam. E nesse trabalho se esgotou o segundo dia.

Ao chegar em casa, Marco Antônio foi explicar aos tios por que estava com o dedo machucado:

— Não foi nada, tio; bati um martelo no dedo. Já não está doendo.

O pai de Mário sorriu para o sobrinho, recomendando-lhe cuidado, sobretudo quando trabalhar com alguma ferramenta desconhecida.

A mãe de Mário abraçou o sobrinho e logo propôs fazer um curativo antes de se deitarem.

No dia seguinte, quinta-feira, os meninos tiveram uma grande emoção: seu Zeca preparou as três arreias, de madeira dura, resistente, atravessou-as de lado a lado nos cinco paus; depois, com um trado, perfurou os paus, de cima para baixo, atravessando também as arreias e em cada furo adaptou um cravo, também de madeira dura, que prendeu tudo firmemente.

— Pelo que vejo, seu Zeca, a jangada está quase pronta! — disse com entusiasmo Marco Antônio.

O armador sorriu para o menino:

— Parece. Mas ainda falta muito.

— Que é que falta ainda? — perguntou Otávio.

— Falta a base do mastro, a vela, dois bancos, dois remos, uma vara de empurrar, e uma poita, que é a âncora. Espero poder fazer tudo neste fim de semana. Se vocês continuarem me ajudando, como hoje, sábado estará pronta.

Os meninos não falharam: todos os dias estavam no estaleiro, de manhã e de tarde. No sábado, realmente, a jangada ficou pronta. Um primor de arte: grande, com espaço para tudo, bem-feita, uma jangada-modelo.

Os meninos, com entusiasmo, abraçaram o armador, que abriu para eles um largo sorriso.

— Não se esqueçam de que não foi trabalho só meu; vocês também trabalharam muito...

— Mas o senhor é que foi o artista, seu Zeca. Nós somos apenas aprendizes — disse Mário.

Logo em seguida, os meninos se despediram.

4 — O VELHO QUINQUIM

Joaquim era o seu nome de batismo, nome esquecido há muito tempo, pois desde menino pegara o apelido de Quinquim, e ninguém mais se lembrou de Joaquim. Quando a idade madura o alcançou e seus cabelos ficaram brancos, acrescentou-se ao apelido o título de "Velho", que para ele era uma honra, pois envelhecera na vida de pescador, de que ninguém conhecia a arte e a destreza mais que ele.

O título de "Velho" era para ele tão dignificante quanto o de "Mestre", pois na sua profissão eram inúmeros os que, tanto do lado da Bahia como do de Pernambuco, tiveram que aprender com ele muito da arte de pescar.

Morava o Velho Quinquim numa ponta de rua, para o lado do poente, onde as águas passam antes de banhar as cidades de Juazeiro e Petrolina. Sua casa era a primeira a avistar o rio, cujas águas eram para ele as páginas do livro da natureza, onde lia, melhor que o Serviço de Meteorologia, se o tempo estaria bom ou mau para pescar. As águas límpidas ou barrentas, tranquilas ou revoltas, falavam-lhe mais que tudo.

O Velho Quinquim era viúvo. Morava com uma filha e um filho — ambos solteiros. Aos dois estava reduzida a sua família, que já fora numerosa. Os outros filhos e filhas eram casados: uns moravam ali mesmo em Juazeiro, outros em Petrolina. Uma filha, também casada, morava mais distante, em Curaçá, uns sessenta quilômetros para o lado da foz do São Francisco.

A casa era simples e modesta. Ele estava sentado à porta, num banco tosco, e olhava as águas do rio, onde sua canoa oscilava, ancorada, ao sabor das ondas e da suave correnteza que a embalavam.

Quando viu chegarem três rapazinhos sorridentes, ergueu-se com a agilidade do velho ainda vigoroso, e ao espanto do primeiro olhar sucedeu um sorriso franco e palavras de amabilidade:

— Mas que vejo! — exclamou. — O fio do seu Amâncio vem visitá o veio pescadô!...

Reconhecera Mário e abraçou-o com calor. Depois apertou a mão dos outros dois meninos.

— Não sabe que todas férias eu venho em sua casa? — perguntou Mário. E acrescentou: — O senhor tem-me dado ótimas lições. Deixe-me apresentar-lhe meus primos: Otávio e Marco Antônio.

— A casa do pobre é de vosmecê. Teje à vontade. Vamo entrá.

O velho pescador entrou na frente, seguido dos três rapazes. Sentaram-se todos, e Mário começou:

— Tem pescado muito, seu Quinquim?

— É minha vida, vosmecê sabe. Quadra boa, quadra mais fraca; mas sempre dá pra se i vivendo, com a ajuda de Deus.

— E agora, o tempo está bom? — quis saber Mário.

— Agora tá bom. Ói lá: o rio tá manso, as água tranquila... Por que vosmecê pergunta?

Os três se entreolharam. O velho sorria, adivinhando a resposta.

— Nós queremos dar um passeio, seu Quinquim. Não é só fazer uma pescaria, não; queremos descer aí, rio abaixo, numa viagem de aventura — disse Mário.

— Eu já esperava; eu vi a jangada...

— Quê? — interrogou Mário, admirado.

— No estaleiro de Zeca...

— E que achou?

— Não pode tê coisa mió. Cabe muita gente. Já sei que vamo nóis quatro, não é verdade?

— Como é que o senhor sabe?

— Zeca me falô...

— Pois então já sabe de tudo.

— E quando é qui vosmecês qué i?

— Na próxima semana, se o senhor puder.

— Posso. Vamo terça-feira, depois de amanhã.

— Combinado, seu Quinquim.

— Falem pro seu Amâncio que nóis vamo demorá uns dia viajando. Eu quero chegá inté a casa de minha fia Quitéria, que mora em Curaçá.

— Ótimo! — exclamaram os três a um só tempo.

— Vai ser muito bom — acrescentou Mário.

— Vosmecês tão disposto a dormi no mato ou na jangada se fô preciso? — perguntou o velho pescador.

— E por que não? — falou Mário, por si e pelos outros.

— Não tenha dúvida! — acrescentou Otávio.

— Eu também não tenho receio — disse por fim Marco Antônio.

— Pois então — concluiu o velho pescador —, pode prepará as coisa que nóis parte terça-feira. Vosmecês sabe o que deve levá, não sabe?

— Creio que sim, seu Quinquim.

— Não se esquece de levá o rife e as balas — recomendou o pescador. — Eu levo as isca pra nóis todo.

— E nós levaremos a comida, está certo? — combinou Mário.

— Já que vosmecês qué assim...

Conversaram ainda um pouco e, depois, tratando de se encontrarem no estaleiro de seu Zeca para a partida, os meninos se despediram. Estavam muito felizes, o que se via pelos sorrisos e exclamações. As cabecinhas ávidas de aventuras ferviam de ideias e planos e emoções pelo desconhecido que iriam enfrentar dentro de pouco tempo.

Chegando em casa, Mário transmitiu aos pais o combinado com o Velho Quinquim, inclusive o propósito dele de ir até a casa da filha. O Sr. Amâncio e a esposa, que conheciam bem o velho pescador, não se opuseram à viagem.

— Agora, meus filhos — disse o Sr. Amâncio —, vão descansar; e amanhã eu vou ajudar vocês a preparar o necessário. Pelo que me parece, vocês vão levar uns cinco dias viajando. Que acham?

Marco Antônio esfregava as mãos de contente; Otávio abraçava-o com o braço direito; e Mário, sorrindo, respondeu:

— Vai ser ótimo!

— E você já ficou bom do dedo? — perguntou o Sr. Amâncio a Marco Antônio, examinando-lhe a mão.

— Já, tio — respondeu o menino.

E mostrou-lhe o dedo onde uma pequena cicatriz aparecia.

— Isto desaparecerá com o tempo — disse o Sr. Amâncio, concluindo o diálogo.

— Vamos, primos — chamou Mário.

Saíram os três correndo escada acima.

5 — PREPARATIVOS

O resto do domingo, para os meninos, foi para planejar e fantasiar. Impossível descrever o que aquelas três cabecinhas foram capazes de criar e imaginar.

À noite, após o jantar, subiram os três para o dormitório. E os planos continuaram.

— Olha, turma — disse Mário, sentando-se na cama, com um papel na mão. — Aqui eu anotei o que precisamos levar na viagem.

E começou a ler item por item, acrescentando os comentários convenientes:

— Anzóis e varas; cada um deve ter a sua vara de pescar. Meu pai tem aí quantas a gente precisar. Facas — cada um com a sua. Eu levarei também um facão. O rifle de meu pai, e umas cem balas. Uma esteira, uma rede e um cobertor para cada um de nós. A lona de barraca. Uma lanterna para cada um, com pilhas novas. Finalmente: fósforo, farinha, sal, pão, rapadura, queijo, café e açúcar; uma panela ou duas e cantis para água. Vamos levar também a espingarda de cartucho de dois canos do meu pai e uma pequena farmácia. Que vocês acham?

— É coisa demais — observou Otávio.

— Não é não — afirmou Marco Antônio. — Destas coisas, não podemos dispensar nada. Tudo é necessário.

— E o Velho Quinquim ainda vai trazer mais — observou Otávio.

— Claro — disse Mário. — Nós ficamos de levar o que é de nosso uso; ele leva a parte dele. Nós só não levamos iscas; e ele ficou de não levar mantimentos.

— E como se vai arrumar tanta coisa? — perguntou Marco Antônio.

— Meu pai tem dois malotes de couro onde podemos colocar tudo: num deles, a gente põe as coisas de cozinha; no outro, as outras coisas. Não podemos esquecer de levar nossos objetos de uso pessoal: escova, pasta, sabonete, toalha, pente, chinelo, calção de banho...

— Hoje eu acho que ninguém vai dormir, só pensando na viagem... — disse Marco Antônio.

— Eu penso o contrário — observou Mário. — É bom dormir bem, para a gente ficar descansado.

Os três ainda conversaram um pouco, repetindo planos já feitos ou revivendo ideias já expostas, até que o sono os venceu a todos, e cada um dormiu profundamente.

Quando despertaram, o sol já ia alto, prateando a água do rio.

6 — A VÉSPERA

A segunda-feira, véspera da viagem, foi gasta em arrumar e arranjar tudo de que precisariam durante o passeio.

Logo que despertaram, pelas oito horas, pularam ágeis das camas e combinaram descer para providenciar o que fosse necessário.

Na sala de jantar, aguardavam-nos os pais de Mário, que lhes dariam a orientação indispensável.

— Já sabem o que devem levar? — perguntou o Sr. Amâncio, mal os meninos os saudaram.

— Creio que sim, pai — respondeu Mário.

— Além dos apetrechos de pesca, devem levar também armas de caça, não?

— Eu gostaria de levar também o seu rifle e a espingarda de cartuchos, pai. Posso?

— E por que não, filho? Você sabe como usá-los; pode levar. Inclua umas caixas de balas e outras de cartuchos.

— Só recomendo cuidado, meus filhos! — acrescentou a mãe de Mário.

— Sim, mamãe. Não fique preocupada.

— Lembrem-se de que o rio e os matos são cheios de perigos, meus filhos.

— Tomaremos todo cuidado. Não fique assim, mãe — pediu Mário, abraçando e beijando a mãe, que lhe retribuiu o carinho entre sorrisos.

Os meninos mostraram ao casal a relação das coisas que tinham anotado. E enquanto os três tomavam café, os pais de Mário discutiam a lista. Acharam-na completa: eles não esqueceram nada.

— Bem — disse o Sr. Amâncio, chegando-se à mesa —, vamos distribuir as tarefas em três setores: Maria cuidará de arrumar os malotes com roupas e mantimentos para vocês levarem; eu vou com Otávio ver e separar os objetos de pesca e caça; e você, meu filho, vá com o Marco Antônio comprar umas coisas que faltam: cartuchos, pilhas para lanterna e o que mais for necessário. Está bom assim?

— Está ótimo, pai. Vamos, turma.

— À tarde vocês descansam um pouco, pois sabemos como vai ser o dia amanhã: bastante atarefado.

Os três se ergueram da mesa. Cada qual seguiu o seu caminho para executar a tarefa que lhe competia.

Dona Maria já estava lá dentro do quarto, escolhendo no guarda-roupa e pondo sobre uma cama: redes, cobertores, calções e camisas. O Sr. Amâncio e Otávio dirigiram-se ao "arsenal": era como eles chamavam o lugar onde guardavam tudo que se relacionasse a pesca e caça.

— Toma aqui, Otávio; leva isto à tua tia —, disse o Sr. Amâncio.

E entregou-lhe um malote de couro que o menino levou rápido. Na volta já encontrou o outro malote aberto, onde o tio arrumava uma porção de coisas: lanternas, facas, linhas e anzóis de reserva, balas e cartuchos. As varas, a espingarda, o rifle, o facão, as esteiras e a lona já estavam postos ali, à mão.

Não tardou que chegassem da rua os dois rapazinhos com as compras. E dentro de uma hora estava tudo arrumado.

— Fico com inveja de vocês! — exclamou entusiasmado o Sr. Amâncio. — Bem que eu gostaria de ir também nessa excursão.

— Por que o senhor não vai com a gente? Vamos, pai!

— Não posso, filho. Nesta quadra do ano eu não posso me afastar daqui. É fase de bons negócios no comércio...

— Que pena, tio! — lamentou Otávio.

— Talvez no fim das férias a gente faça outra excursão, está certo?

— Certo, tio — falou Marco Antônio.

O Sr. Amâncio pôs a mão direita na cabeça de Marco Antônio, a esquerda na cabeça de Otávio e, olhando o filho que lhe ficava em frente, assim falou:

— O Velho Quinquim será o guia de vocês. Obedeçam a ele, façam o que ele mandar e não contrariem a vontade dele. Eu sei que ele zelará por vocês com o cuidado que dispensa aos próprios filhos. Eu fico tranquilo. E quanto ao prazer do passeio, podem desfrutar dele como se eu lá estivesse com vocês. Aproveitem o máximo.

— Está bem, pai — disse Mário. — Vai ser uma bela excursão.

Após o almoço, os meninos subiram para o dormitório. Conversaram muito tempo, revendo a lista das coisas que haviam anotado. Não faltava nada. Deitaram-se, então, para dormir um pouco.

Quando despertaram, o sol já quase tocava o horizonte, refletindo com intensidade na água do rio.

Mário foi quem primeiro acordou e logo chamou os companheiros:

— Temos uma tarefa a cumprir: levar tudo ainda hoje para o estaleiro de seu Zeca. Vamos, turma!

Os dois não titubearam. Daí a instantes, os três estavam na rua: os dois irmãos levavam os malotes; Mário ia atrás com as varas, as armas enroladas nas esteiras e na lona da barraca.

Encontraram seu Zeca, trabalhando como sempre. Ele recebeu os meninos com alegria, entusiasmado também com a disposição dos meninos:

— Estou com inveja de vosmecês... Ah! se eu pudesse!

— É só querer, seu Zeca — disse Mário. — É mais um excelente companheiro!

— Obrigado. Mas eu não posso. O Velho Quinquim já esteve aqui. Já deixou as coisas dele aí. Disse que é bom saírem cedo... Entrem. Vão guardar as coisas junto com as dele, lá no estaleiro.

— Com licença, seu Zeca.

— Entre, Mário; entrem, meninos. Eu não disse? — acrescentou, vendo a bagagem que os três traziam. — Se a jangada não fosse grande, vosmecês iam-se atrapalhar...

Os meninos puseram seus fardos junto às coisas do Velho Quinquim e olharam alegres a jangada que os aguardava para o passeio.

Despediram-se do armador e saíram.

7 — A PARTIDA

Mário e os primos chegaram logo em casa.
Após o jantar foram à casa do Velho Quinquim para dizerem que estava tudo pronto e combinarem a hora de zarpar.

— Pelas sete hora nóis taremo todo reunido no estaleiro de Zeca. Tá bom assim? — falou o velho pescador.
— É boa hora, seu Quinquim — respondeu Mário.
— Vosmecês vão tê oportunidade de vê a beleza que é uma noite de lua no meio do rio...
— Nós já pensamos nisto, seu Quinquim — disse Otávio.
— Amanhã é lua cheia...
— É verdade: amanhã — disse Mário.
— Bem — observou Marco Antônio —, eu acho bom a gente voltar logo e tratar de dormir. Estou com sono e também quero que a noite passe logo...
— Agora, sim, que vosmecê falô a verdade — pilheriou o velho pescador. — Você tá é querendo que o tempo passe logo, não?
— Claro, seu Quinquim — concordou Otávio. — Nós dormimos a tarde toda...
— Eu não disse? Eu sabia... — e acrescentou o Velho Quinquim: — Vosmecês não tenha pressa: o tempo passa depressa e a viage vai sê longa.
— Nós já vamos, seu Quinquim — disse Mário. — Está tudo certo: nossas coisas já estão lá no estaleiro e amanhã...
— Tá bem. Inté amenhã; sete hora lá...
— Boa noite, Mestre — gracejou Mário. E acrescentou:
— Não esqueça que de amanhã em diante é nosso Mestre.
— Mestre é aquele ali — contradisse o velho pescador.

E apontou, pendente da parede da salinha, um quadro que representava São Pedro Pescador, no mar de Tiberíades. — Inté amenhã, se Deus quisé.

Os meninos voltaram e foram-se deitar, pegando logo no sono.

Quando acordaram, o relógio da Matriz soava as seis horas da manhã. Em menos de dez minutos desceram à sala de jantar, onde os aguardava um café reforçado. Serviram-se bem e se levantaram para sair.

O Sr. Amâncio e D. Maria os acompanharam até a casa de seu Zeca.

Os três iam divididos: Mário, levando o almoço numa marmita, ia ao lado do pai, ouvindo seus conselhos; Otávio e Marco Antônio ladeavam a tia, que os abraçava e lhes transmitia recomendações.

Às sete horas em ponto estavam na porta da oficina do armador. Lá estava o Velho Quinquim.

— Seu Amâncio! — exclamou o velho. — Que prazê é este?

— É meu o prazer, seu Quinquim — respondeu com todo respeito o Sr. Amâncio.

— Pois a honra é minha: vosmecê me confiá os minino nesta viage.

— Quero que o senhor oriente os pequenos. Eles vão lhe obedecer como se fossem seus filhos. E eu fico tranquilo.

— Pode ficá, seu Amâncio. Dona Maria também não se preocupe.

— Onde está o compadre Zeca?

— Estou aqui mesmo — respondeu o armador, saindo à porta. — Vamos entrar — acrescentou, abraçando o compadre Amâncio e apertando a mão da comadre Maria.

— Sim, Zeca, vamo entrá, mas vamo tratá de viajá — observou o Velho Quinquim.

Entraram todos e foram até ao estaleiro.

A jangada estava a ponto de ser lançada ao rio: colocada sobre trilhos, dali deslizaria para a água com pequeno impulso.

— Pode empurrar, compadre — disse o velho armador.

O pai de Mário deu um pequeno empurrão e a jangada deslizou estremecendo o estaleiro, e pousou tranquilamente na água. Seu Zeca puxou-a pela corda em que a havia amarrado e encostou-a a uma pequena ponte, o seu porto particular. Lá estavam, prontas para embarcar, todas as coisas dos meninos e do velho pescador. Este pulou rápido sobre a jangada e ia recebendo das mãos do armador toda a bagagem. Em dez minutos estava tudo arrumado.

— Já é tempo — observou o Velho Quinquim. — Vamo embora, mininos.

A jangada deslizou estremecendo o estaleiro e pousou tranquilamente na água.

Mário, Otávio e Marco Antônio abraçaram o casal Sr. Amâncio e D. Maria, apertaram a mão amiga do armador e pularam sobre a jangada. O Velho Quinquim subiu para se despedir também do casal e do amigo, e voltou para junto dos meninos.

Desprendendo a corda que amarrava a embarcação, atirou-a para cima, para o centro do estaleiro e, impelindo a jangada para distanciá-la da terra, alcançou a correnteza que a levou suavemente.

Os quatro viajantes levantaram as mãos e acenaram para terra, despedindo-se, mais uma vez, dos que ficaram.

O Sr. Amâncio e D. Maria despediram-se do armador e voltaram para casa. Embora desejassem para os meninos aquela excursão, não deixavam de estar um pouco tristes e apreensivos. Tristes porque a falta que os meninos faziam era grande — a casa parecia estar vazia. Apreensivos porque a viagem era longa e não deixava de oferecer algum perigo, embora todos soubessem nadar muito bem e a presença do Velho Quinquim fosse uma segurança.

Passaram, na volta, pela Igreja Matriz, onde entraram e rezaram durante alguns minutos: recomendavam a Deus os viajantes e pediam-Lhe que os trouxesse de volta sãos e salvos.

8 — PESCARIA

A jangada, impelida pelas remadas vigorosas do Velho Quinquim, ganhou o meio do rio e era levada mansamente pela correnteza. Soprava uma leve brisa que mal tocava a superfície das águas. Não fosse a corrente em que iam, que lhes mostrava, a cada instante, novos aspectos das margens, teriam a impressão de que estavam parados no meio de um lago comprido.

Viam ficarem para trás as últimas casas das cidades de Juazeiro e Petrolina, que pareciam agora duas linhas de caixas de brinquedo, arrumadas ao lado umas das outras por alguma criança.

O velho pescador, sentado atrás, na popa, guiava a embarcação com um remo; Mário, sentado num dos bancos, na proa, olhava à frente tentando descobrir algo que ele mesmo não sabia o quê; Otávio e Marco Antônio, sentados no outro banco, olhavam a água, de um e outro lado, surpresos e admirados de tudo.

A princípio caiu sobre todos um pesado silêncio. Mistério, surpresa, prazer — tudo era agora realidade. E eles ali estavam a vivê-la.

O velho pescador, para quebrar a monotonia, encheu o peito e começou a cantar. Tinha uma voz de ouro. As canções se sucediam enchendo o espaço de lindas melodias e maravilhosa poesia. Mário e os primos apreciavam todo o encanto do rio São Francisco, na sua grandeza e majestade, e escutavam com grande prazer a beleza das letras e a harmonia das músicas que o Mestre tão bem interpretava.

E o tempo correu.

O sol já se erguia e começava a esquentar.

O rio, que vinha, a princípio, na direção leste, agora, fazendo uma curva, aprumou na direção norte.

O velho pescador, de pé, olhava fixamente as águas na curva do rio.

— Que é, Mestre? — perguntou Mário, que observava a atitude do pescador.

— Vamo chegá perto da marge direita e pará um pouco...

E, com o remo, aprumou a jangada naquela direção.

— Que foi, seu Quinquim? — perguntou, por sua vez, Otávio.

— Você vai vê já. Vamo — respondeu.

A jangada já ia com a proa em direção à terra. O velho remou com vigor e, quando viu que estava no lugar desejado, gritou para Mário:

— Jogue a poita na água e segure firme a corda.

O rapaz obedeceu. O Mestre continuou:

— Agora puxe a corda inté esticá e amarre. Vamo pescá aqui.
— E tem peixe aqui, seu Quinquim? — perguntou Marco Antônio.
— Não faça baruio e ói a água — preveniu o pescador.
— Tá vendo alguma coisa?
— Estamos no meio de um cardume!...
— Pois é. Agora vamo aos anzó.

O Mestre e Mário, que estavam nas extremidades da jangada, avançaram para o meio, onde se encontravam os dois meninos, e abaixaram-se no maior silêncio, a fim de apanharem as varas de pescar.

— O silêncio é tudo — recomendou, a meia-voz, o pescador. — Peixe não gosta de baruio...
— Eu fico com esta vara maior, Mestre — pediu Mário.
— As outras são para os dois...
— Agora que cada um tem a sua — falou o Velho —, deixe eu colocá as isca.

E abriu a lata onde as guardara. Preparados os três anzóis, o Mestre falou:
— Mário, você vorte pra proa: ela agora tá virada pra riba, por causa da poita amarrada lá. Você, Otávio, fique aqui, e jogue sua linha pra direita. Marco Antônio joga pra esquerda. Um conseio pra todos: quando se tem vizinho, só se ferra o peixe puxando pra riba; ninguém puxa de lado pra não feri os companheiro com o anzó. Pode começá, que eu vou prepará o meu anzó.

Os três lançaram os anzóis na água e aguardaram.

O Velho Quinquim, como todo pescador, era calmo, tranquilo, não tinha pressa. Ajeitou pacientemente a isca no seu anzol e, depois, olhando algum tempo a água tranquila mais próxima da margem, lançou aí a sua linha. Acocorou-se no lastro da jangada e aguardou imóvel. Os outros o imitaram na imobilidade e no silêncio. Passaram-se alguns minutos.

Súbito o velho deu um puxão para cima, firmou-se de pé e levantou no ar a sua vara de pescar. Quando a linha subiu um pouco os meninos viram, admirados, um peixe fisgado que se debatia no espaço. O velho levantou mais a vara a ponto de aprumá-la, e o peixe veio em sua direção. Tirou-o com todo cuidado e o pôs numa cesta. Era um surubim de, talvez, uns dois quilos.

Já preparava o anzol novamente, quando Mário, por sua vez, fisgou também um peixe: outro surubim, um pouco menor.

Os dois meninos estavam um pouco tristes, acabrunhados. Só eles ainda não haviam pegado nada. O velho pescador observou a tristeza dos dois, e, desconfiado do que acontecia, ordenou-lhes:

— Levante as vara.

Eles obedeceram.

Os anzóis estavam limpos...

— Que foi isto, seu Quinquim? — perguntou Otávio.

— Vocês não sentiram nada buli nas vara, não? — perguntou o Mestre.

— Eu senti — disse Otávio.

— Eu também — falou Marco Antônio.

— Era peixe — explicou o pescador. — Quando a gente sente o peixe puxando a isca, é hora de ferrá: dá um puxão forte e pronto. Tá seguro.

Preparados todos os anzóis, lançaram-nos novamente na água, e Mário recomendou:

— Fiquem atentos.

— É só atenção e firmeza — observou o exímio pescador, concluindo a lição.

O tempo correu.

Foi ainda o Mestre o primeiro a pegar.

— O senhor parece que adivinha com os peixes, seu Quinquim! — exclamou Mário.

— É o costume, minino.

Mário deu o puxão característico e levantou o anzol da água. Estava limpo.

— Perdi... — lamentou.

— Mas eu não! — gritou Otávio.

— Muito bem! — elogiou-o o Mestre.

E gritou para o outro:

— Puxa, Marco Antônio! Ferra!

O menino obedeceu.

— É uma traíra — afirmou o velho.

— Como o senhor conhece, seu Quinquim? — perguntou Otávio.

— Pela carreira que ela deu. Traíra, quando morde o anzó, corre numa linha reta. A gente conhece logo.

Realmente era uma traíra de mais de meio quilo. O de Otávio era um surubim, talvez de meio quilo também.

— Mininos — chamou o velho pescador —, nóis já temo uns cinco quilo de peixe, da mió qualidade. Vamo pará de pescá o continuemo a viajá. Que acham?

— O senhor é quem sabe, seu Quinquim — falou Mário.

— Todo mundo já pescou; eu acho que podemos ir em frente — concordou Otávio.

Marco Antônio divertia-se olhando os peixes que se batiam dentro da cesta.

Mário suspendeu a poita e a jangada começou a deslizar. Seu Quinquim guiava-a com o remo e ela aprumou novamente buscando a correnteza.

9 — O ALMOÇO

— Precisamo andá mais ligeiro, mininos.

— É mesmo, Mestre — concordou Mário. — O sol já vai quase a pino.

— E eu já estou com fome — disse Otávio.

— Você só, não — acrescentou Marco Antônio.

— Eu vô içá a vela e vocês vão vê como vamo andá — disse o velho pescador.

— Ótimo! — exclamaram os meninos.

O Velho Quinquim foi ao centro da jangada, desatou a cordinha que prendia a vela à travessa inferior e começou a puxar para baixo a corda da vela. O pano foi-se desenrolando, e os meninos viram logo que nele havia algo escrito que não puderam ler imediatamente. Mas, quando a vela encostou a ponta no topo do mastro e o vento a encheu, os meninos puderam ler o que nela estava escrito: "Os Pequenos Jangadeiros".

— Quem escreveu isto, seu Quinquim? — perguntou Marco Antônio.

— Deve tê sido Zeca, pra brincá com vocês, não acham?

— Que surpresa! — exclamou Mário.

O vento enfunou a vela e soprou forte. A jangada agora deslizava veloz.

Não tardou que aparecesse em frente uma ponta de terra que dividia as águas do rio.

— Que é aquilo lá? — perguntou Otávio.

— É uma ilha fluvial — respondeu Mário.

— É a ilha de Nossa Senhora — confirmou o velho pescador que tão bem a conhecia. E acrescentou: — Nóis vamo pelo lado direito, deixando a Ilha à esquerda.

— Gostaríamos de passar pertinho dela, vocês não acham, primos? — perguntou Mário.

— Naturalmente! Ora essa! — exclamou Otávio.

— Pois já vamo indo pra perto — concordou o velho pescador.

E aprumou a jangada quase a tocar a margem do rio.

— Vou fazer uma proposta a todos vocês — falou Marco Antônio. — Vamos descer na Ilha e almoçar?

— Aprovado! — gritou Otávio.

— Concordo — disse Mário.

— Eu já esperava isto de vosmecês — disse seu Quinquim. — Mas vamo navegá mais um pouco e arcançá uma praia bonita, de areia fina e com muita sombra. A Ilha tem inté cajueiro e outras fruteira.

Todos estavam de pé para melhor verem a Ilha. Era realmente uma beleza.

O aspecto da Ilha era de uma pequena floresta, toda coberta de vegetação de meio porte. Os meninos olhavam tudo atentamente, embevecidos em contemplar a beleza daquela mataria viçosa, de intensa cor verde. Não viam, porém, aves ou outros animais que lhes despertassem a atenção.

— *Que é aquilo lá?* — *perguntou Otávio.*
— *É uma ilha fluvial* — *respondeu Mário.*

De repente cessou a floresta, e um largo descampado se abriu ante seus olhos. A água do rio tocava a terra e deslizava pela areia fina, como se fosse mão suave a acaricá-la. O Mestre desceu a vela, amarrou-a e disse:

— É aqui, mininos, a praia que falei. Vamo aportá.

A jangada encostou mais na margem e arrastou na areia. Otávio e Marco Antônio foram os primeiros a pular na água e sair correndo para a areia da margem. O pescador saltou também e tratou de fincar um pau no chão e nele amarrar a embarcação. Mário abriu o malote-despensa e tirou de lá a marmita com o almoço que sua mãe preparara. Apanhou também pratos e talheres e, ajudado pelo Mestre, levou tudo para terra. O pescador apanhou uma esteira que serviria de mesa.

Dirigiram-se a uma sombra acolhedora. Seu Quinquim estendeu a esteira sobre a qual Mário pôs a marmita e os pratos e talheres.

— Onde estão os dois? — perguntou Mário.

— Não sei — respondeu o Mestre. E, olhando o chão: — Os rasto deles... lá vêm!

Vinham de lá os irmãos trazendo algo nas mãos...

— Cajus! — gritaram. — Achamos cajus! Deliciosos! Experimentem!

Os dois experimentaram. Eram realmente deliciosos.

— Agora vamos almoçar — disse Mário. — Depois a gente chupa caju como sobremesa.

E, sentando-se, abriu a marmita. A comida devia estar deliciosa: galinha assada, galinha ao molho pardo, feita com farofa, arroz, salada... um banquete! Todos comeram com a disposição que era de esperar.

— Agora, se quisé chupá caju, vamo — disse seu Quinquim. — Mas a gente vorta logo, porque tem muito trabaio...

— Para descansarmos do almoço, vamos aos cajus; na volta faremos os trabalhos, concordam? — perguntou Mário.

— Vamos — disseram Otávio e o irmão.

Os dois foram na frente, seguidos de Mário e seu Quinquim.

O cajueiro não ficava longe. Estava carregado de cajus maduros. Cada um chupou uns tantos; e voltaram para a margem do rio.

— Agora vamo dividi o trabaio — disse o velho pescador.
— Eu e Mário vamo tratá os peixe e vosmecês dois vão lavá e guardá os prato, taié e marmita. Tá bom?
— Está ótimo. Ninguém fica sem fazer nada — falou Marco Antônio.

E todos começaram suas tarefas: Mário e seu Quinquim foram para a jangada, onde, munidos de facas, escamaram e estriparam os peixes. Lavaram-nos ali mesmo, na água corrente. Otávio e Marco Antônio dirigiram-se também para a margem do rio, onde lavaram as coisas da mesa que usaram no almoço. Em meia hora, pouco mais, pouco menos, estava tudo pronto.

Enquanto os dois irmãos enxugavam os pratos, os talheres e as cubas da marmita, Mário e seu Quinquim temperavam os peixes que serviriam para o jantar. Depois guardaram tudo nos lugares convenientes.

— Muito bem — exclamou o velho pescador. — Vosmecês são formidáveis.

10 — NA ILHA DE NOSSA SENHORA

O sol já pendia muito.
Pelo relógio de Mário, eram três horas.
Os viajantes apanharam na jangada outras esteiras e levaram para junto da que servira de mesa. Agora todas serviriam de cama em que eles dormiriam a sesta.

Deitaram-se sob a sombra acolhedora e o sono os pegou a todos.

A certa hora o Velho Quinquim acordou e olhou no relógio: eram quatro horas. Mário havia-lhe pedido que o despertasse àquela hora.

— Tá na hora, Mário!

— É verdade, Mestre — disse, olhando o seu relógio.
— Que vai fazê?
— Vamos todos...
— O quê?
— Tomar um banho.

O diálogo acordou os meninos, que ainda ouviram as últimas palavras de Mário.

Ergueram-se todos.

— Antes, porém, vamos novamente aos cajus — disse Mário.

A ideia foi aceita por todos. Lá foram.

Enquanto chupavam frutas, o velho pescador arranjou uns paus secos que foi juntando.

— Que está fazendo, seu Quinquim? — perguntou Otávio.
— Eu já sei que ninguém vai saí daqui hoje... — foi a resposta.
— E daí? — insistiu o menino.
— Faço fogo e preparo a janta...
— E vamos dormir aqui na Ilha?
— E por que não? Aqui tá bom, é seguro, não tem perigo.
— Ah! mas vai ser maravilhoso! — exclamou Otávio.

Os outros o acompanharam no entusiasmo.

Terminando de chupar os cajus, os meninos ajudaram o velho no transporte da lenha para a margem do rio. O sol ainda estava quente, embora já fossem quase cinco horas da tarde.

— Ao banho, turma! — gritou Mário.

Vestiram os calções e lançaram-se à água.

— Aqui não tem perigo — tranquilizou-os o pescador. — Nem piranha, nem jacaré, nem sucuri, nada. Pode tomá banho à vontade. Eu sei que vosmecês todo sabe nadá. Mas é bom não i pra perto da correnteza — recomendou.

— Não! — opinou Mário. — Ninguém sai de perto da jangada. Não é banho de piscina; é banho com sabão. Nada de desafiar o desconhecido...

— Não se preocupem que nós não sairemos daqui — falou Otávio por si e pelo irmão.

O banho de mergulho proporcionou-lhes grande alegria e retemperou-lhes o ânimo.

Enquanto se enxugavam, ainda na jangada, Mário propôs:

— Vamos dar um passeio pela Ilha, fazer um reconhecimento?

— Acho mió armá a barraca enquanto é dia, e nos prepará pra noite — ponderou o Velho Quinquim. — Amanhã nóis passeia na Ilha, não acham?

— Mário — falou Otávio —, acho que seu Quinquim tem razão.

— Está bem, retiro a minha proposta — disse Mário. — Vamos preparar nosso rancho.

— O mió lugá é aqui perto do rio, longe do mato, pra evitá a visita de alguma cobra ou bichinhos do mato — falou o Mestre. E acrescentou: — Tragam pra cá as esteira e a lona. Eu vou tirá uns piquete, dois esteio e a cumeeira.

— Ih! seu Quinquim, esqueci em casa!... Só veio a lona... — lamentou Mário.

— Não faz má — argumentou o pescador. — O mato tem o resto. O principá é a lona. Eu vorto em dez minuto.

Munido de facão, o Mestre entrou no mato e de lá veio com um pau de uns três metros, mais ou menos, e outros dois de dois metros aproximadamente, com forquilha numa das extremidades. Além destes, trazia mais quatro, pequenos, de apenas um metro.

— Aqui tá a armação da barraca — disse, atirando no chão as peças de madeira.

Com o facão fez pontas nos dois de forquilha e fincou-os no chão firmemente, à distância conveniente. Sobre as forquilhas atravessou o pau mais comprido, que amarrou com cipós. Estava pronta a cumeeira da cabana. Sobre ela, ajudado pelos meninos, estendeu a lona, e mediu o lugar onde devia fincar os quatro piquetes. Fincou-os e amarrou as pontas da lona, que eram munidas de cordas próprias para isto.

Tudo bem firme e seguro, e a lona bem esticada. Estava pronta a cabana, abrigo tranquilo para a noite.

— Agora, mininos, eu vô prepará o nosso jantá. Mário, vá buscá na jangada a frigideira com os peixe. Vão vosmecês dois lá, também, pra trazê o fogão, aquela armação de ferro, a lata de óleo, os prato e os taié. Eu vô cortá lenha pra fazê o fogo.

Cada um cuidou de sua tarefa.

Quando os meninos voltaram, já uma pequena labareda se elevava clareando a frente da barraca. Seu Quinquim ia cortando outros pedaços de madeira e alimentando sempre mais o pequeno fogo. Quando estava no ponto, colocou sobre ele o fogão, isto é, uma roda de ferro com três pés, e a frigideira com óleo. E, como um verdadeiro mestre em arte culinária, ia colocando as postas de peixe para fritar: o bastante para uma farta refeição dos quatro aventureiros.

Comeram ali mesmo, em volta do fogo, até ficarem satisfeitos. Os três meninos estavam de costas para o nascente; o velho pescador olhava o horizonte...

— Agora eu tenho uma surpresa pra vocês — disse o Velho Quinquim.

— Qual? — perguntaram os três ao mesmo tempo.

— Não vô dizê. Se alevante e veja...

E ele próprio continuou olhando fixamente o horizonte, para o lado do nascente.

Os três se ergueram de um pulo e olharam...

— Que beleza! — exclamou Mário.

— Que maravilha! — disse Otávio.

— Vocês têm razão — concordou Marco Antônio.

— Eu não prometi? — interrogou o velho pescador, erguendo-se também.

A lua cheia vinha saindo.

O disco de prata, brilhante, enorme, despregou-se do horizonte e subiu sereno, diminuindo à proporção que se elevava. Em poucos minutos derramou luz abundante sobre a ilha de Nossa Senhora, depois sobre a água do rio e, finalmente, sobre a margem direita do São Francisco. Tudo ficou inundado de luz.

Corria uma leve brisa, fresca, tocando docemente a superfície da água, que faiscava reflexos de prata nas pequeninas ondas que se formavam. A jangada balançava suavemente, quase imperceptível, não fosse o mastro que oscilava para a direita e para a esquerda, como pêndulo de um grande relógio.

Os quatro aventureiros, de pé, imóveis, contemplavam extasiados o espetáculo. O pescador já o vira centenas de vezes, mas sempre o achava uma novidade. Os meninos viam-no pela primeira vez. É de se imaginar o quanto de admiração estavam sentindo especialmente os irmãos Otávio e Marco Antônio, que só então viam a lua em toda sua beleza, fora da influência da luz elétrica da cidade, que lhe diminui o encanto e a poesia.

— Bonito, não, Mário? — falou o Mestre.
— Não, seu Quinquim — respondeu Mário. — Dizer que é bonito não é nada. Esta beleza não se diz em palavras. Quem ainda não a viu não pode fazer ideia.

O silêncio, sob a luz da lua, parecia maior ainda: nem um pio de ave noturna, nem uma voz de animal, nenhum barulho da floresta. A natureza inteira parecia calar sob a majestade poderosa do luar. Ouvia-se apenas o borbulhar suave das pequeninas ondas do grande rio.

Os dois irmãos se entreolharam em silêncio e o Velho Quinquim falou:

— Já chega de tanto oiá a lua. Vamo entrá na barraca e tratá de dormi, não?
— Na verdade, não temos o que fazer — disse Mário. — Portanto, dormir é o melhor.
— Amanhã, antes de zarpá, vamo dá uma vorta pela Ilha. — prometeu o pescador.
— Será muito bom, Mestre — disse Otávio.

Recolheram-se todos à barraca e deitaram-se nas esteiras, onde o sono os pegou.

11 — DEIXAM A ILHA

Na Ilha, os galos já paravam de cantar quando os viajantes despertaram. O velho pescador já acordara há mais tempo, mas deixou que os meninos acordassem espontaneamente.

— Já são cinco horas, seu Quinquim — disse Mário aos cochichos.

— Vamo deixá os minino dormindo e cuidemo de arguma coisa.

— Certo.

Ergueram-se os dois e saíram com todo cuidado. Fora, espreguiçaram-se, estirando os braços, bocejando. Só então viram que tinham esquecido de limpar os pratos e talheres depois de jantarem.

— Enquanto eu faço café, Mário, você lava essas coisa.

Em resposta, o rapaz tratou de apanhar os pratos e talheres e levá-los ao rio, para lavar.

O Mestre, com o facão, preparava algumas lascas de madeira para acender o fogo.

As chamas crepitavam quando Mário voltou do rio, trazendo uma chaleira com água e duas latas, uma com açúcar e outra com café em pó.

— Minha mãe não esquece nada — falou.

— Eu conheço ela muito bem — respondeu o pescador.

— No malote tem pães e biscoitos para o café.

— Ótimo. Os minino vão gostá.

— E tem mais: manteiga e queijo...

— Então é banquete, Mário!

O sol vinha saindo.

Se é belo o luar nas margens do rio São Francisco, não menos belo é o amanhecer.

Uma tênue neblina que se formara na parte alta da Ilha durante a noite, agora, aos primeiros raios do sol, desfazia-se como por encanto. Um friozinho cortante precedia a luz do sol e a passarada rompeu a alvorada, saudando o dia que chegava.

O silêncio da noite foi substituído pelo ruído confuso do dia que começava.

Otávio e Marco Antônio despertaram sob a luz do sol, que os atingiu ainda dormindo. Saíram da barraca e juntaram-se aos outros.

Mário foi com Otávio até à jangada, onde prepararam sanduíches para o café. Quando voltaram, já tudo estava pronto.

Todos tomaram um café abundante, preparando-se para uma segunda etapa da viagem.

— Enquanto fazemos digestão, vamos andar um pouco pela Ilha? — convidou Mário.

— Antes vamo deixá tudo limpo e guardado, não é bom? — perguntou o Velho Quinquim.

— Certamente — concordou Mário.

— Vocês lava tudo e guarda. Eu desarmo a barraca. Vamo levá mais coisas do que nóis trouxe. Vô levá a armação da barraca e uns pau de lenha pro fogo. Ninguém sabe do futuro...

— É bom, Mestre — apoiou Mário.

Depois de tudo preparado e posto na jangada, o velho pescador convidou:

— Vamo subi nesta parte da Ilha, que de lá a gente vê tudo.

Subiram ao lugar mais alto. De lá, o velho mostrou aos meninos o outro canal do rio, plantações de mandioca e outras roças, uma infinidade de cajueiros e algumas casas, plantadas aqui e ali.

— A Ilha é habitada, seu Quinquim? — perguntou Marco Antônio.

— É, meu fio. A Ilha é grande. Aqui mora muitos roceiro, gente pobre, que vive de roça. Plantam mandioca, mio, feijão de corda... uma porção de coisa.

— E o rio não prejudica as roças, não? — insistiu o pequeno Marco Antônio.

— Não, na verdade o rio enche e inunda tudo. Mas quando ele vorta ao normá deixa uma camada de lodo que torna a terra boa de plantá...

— Puxa! — exclamou o menino. — O mesmo acontece com o Nilo no Egito! Eu aprendi isto no colégio...

— Não é de admirar — interveio Mário — é um fenômeno comum a quase todos os rios...

Admiraram ainda, durante algum tempo, a paisagem que do alto se descortinava. Depois o Velho Quinquim os convidou:

— Mininos, nossa jornada é grande. Vamo descê e continuá a viage.

Todos aceitaram o convite. De passagem foram apanhando alguns cajus pelo caminho.

Subiram na jangada, que Mário impulsionou para o meio do rio, enquanto o velho pescador içava mais uma vez a vela. O vento, que já soprava com alguma força, encheu o pano da vela e a jangada tomou carreira.

O Velho Quinquim, sentando-se na popa, munido do remo, era o timoneiro seguro, a quem a jangada obedecia docilmente. E foi ficando para trás a ilha de Nossa Senhora. Eram oito horas da manhã.

12 — A TEMPESTADE

Apenas avançaram um pouco, ainda com a ilha de Nossa Senhora à vista, quando o Velho Quinquim, percebendo no ar uma sensação diferente — um calorzinho e uma semiescuridão repentina —, chamou a atenção dos meninos:

— Vamo tê chuva, mininos!
— Chuva, Mestre? — perguntou Marco Antônio.
— Sim, chuva. Ói o céu...

Todos olharam. Nuvens escuras já encobriam o sol, tapando-lhe o brilho. Vindas do poente, a perder-se de vista, acumulavam-se sobre o rio, espalhando-se por toda a extensão das águas.

— Que vamos fazer, Mestre? — perguntou Otávio, com medo da chuva.

— Não se preocupe; vosmecês vê já. Mário, jogue a poita e amarre firme. E vosmecês ajude aqui.

— Pode ordenar, Mestre — disse Otávio.

Mário lançou a âncora na água.

O Velho Quinquim tomou de um remo, cuja pá enfiou entre os paus da jangada, para o lado da popa, à distância de uns dois metros do mastro.

— Me dê o outro remo aí, Otávio; o lado da pá pra mim; a outra ponta dê a Mário; Marco Antônio, me dê uma corda e dê outra a Mário...

O pescador e Mário levantaram o segundo remo à altura de um metro e meio e o amarraram fortemente ao primeiro e ao mastro.

— Já entendi, Mestre! — exclamou o menor dos meninos.

— Então peguem a lona — ordenou Mário, que acabava de amarrar o seu lado.

Os dois meninos de um pulo atingiram a lona e já a desdobravam.

— Vamo andá ligeiro, mininos, senão nóis se moia.

Pegaram cada um numa ponta da lona; estenderam-na por cima do remo amarrado no ar e puxaram-na pelo outro lado. Os dois irmãos pularam para baixo da cobertura, como se já se abrigassem da chuva.

Amarradas as quatro pontas da lona nos lados da jangada, estava pronta a barraca, como se fora uma tolda de embarcação.

Mal acabaram de colocar as esteiras, os malotes e outras coisas ao abrigo da chuva, esta começou a cair.

— Eu não disse?! — exclamou o Velho Quinquim.

— O senhor é um mestre completo — disse Otávio. — Até do tempo, da atmosfera, o senhor conhece tudo...

— Mais de cinquenta ano nessa vida, a gente tem que aprendê tudo...

Uma luz intensa clareou por um instante o interior da barraca. E o trovão rasgou o espaço por sobre as cabeças dos viajantes.

Marco Antônio e Otávio instintivamente se abraçaram a Mário, repletos de medo.

— Não tenha medo, mininos. A chuva só faz o bem — tranquilizou-os o Mestre.

— A temperatura baixou — disse Mário. — Vocês estão com frio?

— Estamos, sim — respondeu Otávio.

Enrolaram-se nos cobertores e, todos sentados, olhando a água do rio e escutando o barulho da chuva, silenciaram.

A chuva caía pesada. Os pingos, grossos, caíam na água do rio com tal força que elevavam, da superfície líquida, milhares de respingos que se projetavam para o ar. E a superfície do rio lembrava um imenso caldeirão em efervescência.

Sobre as cabeças dos viajantes, os pingos de chuva que caíam na lona faziam um barulho ensurdecedor que quase os impedia de falar.

Os relâmpagos e trovões pareciam não ter fim.

Mas, abrigados da chuva, os aventureiros sentiam-se tranquilos e seguros.

De súbito, porém, um trovão mais forte soou nos ares e uma luz azulada riscou o espaço, de alto a baixo, em zigue-zague.

— Caiu no rio! — exclamou Otávio.

— Deve tê caído nalguma árvore, Otávio. Aquilo foi um raio; raio sempre cai em árvore... — explicou o velho pescador.

— Não faz medo, não, seu Quinquim? — perguntou Marco Antônio.

— Medo faz, um pouco; mas Deus é grande... A chuva já tá diminuindo. É sempre assim. Quando os pingo é grande, é que as nuve tá baixa, e a chuva passa logo...

O velho tinha razão. O vento começou a soprar, levando para longe as nuvens; os relâmpagos foram rareando; os trovões foram-se distanciando; e, em meia hora mais, o sol começou a brilhar outra vez.

— Tivemos uma trovoada de duas horas, Mestre — disse Mário, consultando o relógio.

— É verdade; duas hora e pouco — confirmou o velho.
— Mas já podemo continuá.

Saíram todos de sob a tolda e olharam o tempo.

O sol brilhava, devolvendo a tudo o calor que anima e dá vida.

Os aventureiros desfizeram a tolda, para estarem mais livres; Mário levantou a poita; o Velho Quinquim assumiu o comando, na popa, e todos se acomodaram em seus lugares. Içada a vela, prosseguiram viagem rio abaixo.

13 — PROSSEGUEM VIAGEM

Não tardou avistarem a ponta leste da ilha de Nossa Senhora, onde os dois braços do rio se unem e formam novamente aquele leito largo, imenso, de margens distantes.

Todos sentados contemplavam a Ilha que, ficando cada vez mais longe, já então se confundia com as terras ribeirinhas, parecendo ter-se incorporado a elas, no continente.

Chamou a atenção de todos a aproximação de um pequeno barco que navegava rio acima.

— Oh! Um navio!

— Um navio!

Foram as exclamações repentinas dos dois irmãos Otávio e Marco Antônio. E se ergueram rapidamente, acenando, com os braços levantados, para as pessoas que avistavam no barco.

— Olá, pessoal! — gritou Marco Antônio.

— Oi, gente! — gritou, por sua vez, Otávio.

Os homens do barco, avistando os meninos e o pescador, gritaram com entusiasmo:

— Velho Quinquim!

— Seu Quinquim!

O velho pescador ergueu-se e respondeu com um sorriso, o braço levantado, a mão acenando.

O barco passou perto da jangada, sacudindo-a no remanso das águas. Os meninos, com medo de se desequilibrarem e caírem na água, agacharam-se gargalhando alegres.

— Quem são, seu Quinquim? — perguntou Otávio.

— Amigos, de Juazeiro...

— Puxa! Como o senhor é conhecido!

— É naturá, meu fio; a minha vida é aqui... Quando nóis tivé um tempinho — acrescentou depois de uma pausa —, eu vou contá minha história pra vosmecês.

— Oh! Nós vamos gostar muito de saber! — disse Marco Antônio, entrando na conversa.

— Talvez hoje de noite — concluiu o Mestre.

O barco já ia distante. E a jangada parecia voar. O vento soprava forte e, com a correnteza a favor, a velocidade da embarcação era grande.

Quem navega no rio São Francisco é alvo, de vez em quando, de uma impressão curiosa: se olha para a frente, não vê água — as margens parecem encontrar-se, ligadas, não raro, por um morro; se olha para trás, não vê donde saiu, porque as margens também se encontram. Crê, então, o navegante, que está viajando em um lago, cercado, que se encontra, de terra por todos os lados. Era esta a impressão que experimentavam, nesse instante, os meninos.

A jangada, porém, não tocou em terra. Quinze minutos ou meia hora depois, eles viram abrir-se para a esquerda o rio imenso que continuava, deixando um morro à direita, contornando-o na sua marcha lenta.

Essa impressão se repetiu inúmeras vezes. E o grande rio, ora pendendo para a direita, ora dobrando para a esquerda, ia desfazendo, no espírito dos meninos, a ilusão que lhes causavam os acidentes das margens.

Algumas vezes as águas se alastravam pela terra, distanciando as margens de tal maneira que quase não se percebia que houvesse correnteza. Outras, as águas se apertavam entre morros, estreitando-se de tal modo que se podia ver e ouvir os passarinhos cantarem nas árvores mais próximas. Nestas passagens a água corria vagarosamente e tinha uma coloração escura, o que chamou a atenção dos meninos.

— É por causa da fundura — explicou o Velho Quinquim. — Aqui o rio é muito fundo; por isso a água é escura.

— Eu gostaria de dar uma caçada nas margens do rio, seu Quinquim — disse Mário.

— Aqui não é possíve, Mário — respondeu o Velho. — Vosmecês qué vê uma coisa?

Todos ficaram atentos, olhando o Mestre e esperando o que ele mostraria. Ele não se fez esperar.

— Se segure e jogue a poita na água, Mário.

Mário obedeceu e lançou a âncora. E todos viram, admirados, desenrolar-se a corda da poita e sumir na água até o fim. E a jangada continuou navegando...

— Como se explica isto, Mestre? — perguntou Otávio, o medo estampado no rosto.

— É pra vosmecês vê a fundura do rio. A corda, me disse Zeca, tem cem metro de tamanho. Desceu toda e não arcançou a terra. Vocês tão vendo como aqui é fundo?

Os meninos instintivamente já se agarraram há muito tempo no mastro e nos pés do banco central, sentados no lastro da jangada.

— Não faz medo a gente viajar por cima de um abismo desses não, Mestre? — interrogou Otávio, assombrado.

— Não — disse seu Quinquim. — Jangada é a embarcação mais segura que tem. Não tem perigo de naufragá... ninguém corre risco.

— Vejo que aqui não se pode parar, Mestre — disse Mário, desistindo da ideia de caçar.

— A fundura do rio, nos lugá estreito — continuou o pescador sua lição aos meninos — eu carculo pela largura dos outro lugá. O que tem de largura em um lugá, tem de fundura em outro. E é certo — concluiu — a água que passa num lugá, passa no outro...

— É lógico, Mestre — deu a entender Marco Antônio, que compreendera a lição.

— Mário, tira a corda e a poita de vorta. Vamo continuá. Antes do meio-dia nóis chega no lugá chamado Maniçoba. Aí tá na hora do armoço.

— Naquelas ilhas... — lembrou Mário.

— Sim. Nelas tem marreco e outras caça...

— Ótimo! — concluiu Mário — então vamos remar para lá.

— Depois daquela curva nóis avista mió as ilha. Mais uma hora e chegamo lá.

A jangada novamente se dirigiu para o norte, e o pescador, mostrando aos meninos os acidentes em frente, disse:

— Lá tá a primeira ilha. Daqui inté lá é uma reta. Parece perto, mas distância de água engana muito...

O vento continua soprando bem, e os cálculos do Mestre não falharam. Eram onze horas quando começaram a passar pelas ilhas.

— Não quer aportar aqui, seu Quinquim? — perguntou Mário.

— Não. A terceira ilha é mais limpa, tem mió praia e caça mais abundante. Vamo pra lá.

Em meia hora, pouco mais, ou menos, chegaram. Arribaram numa praia bonita, não tanto quanto a da ilha de Nossa Senhora, mas que se prestava ao que eles tinham em mente: descansar um pouco e almoçar.

— Vocês já tão com fome? — perguntou o velho pescador.

— É cedo ainda, não? — respondeu Mário.

— O que podemos fazer? — perguntou Otávio.

— Eu quero caçar — disse Mário.

— E eu queria pescá aqui uns peixinho pra vosmecês vê como é que pescadô assa peixe.

— Então nós vamos pescar com o senhor — falou Otávio e os outros concordaram.

Mário apanhou a espingarda e alguns cartuchos.

— Daqui a uma hora teja aqui, Mário, pra nóis armoçá.

— Certo, seu Quinquim.

O velho pescador distribuiu anzóis já prontos aos meninos e, preparando o seu próprio, orientou-os:

— Podem i pra quarqué lugá da marge. Aqui tem muito peixe...

E ele próprio escolheu um lugar.

Não tardou que cada um pegasse o primeiro peixe. Depois o Velho Quinquim pegou mais uns quatro ou cinco, e deram-se por satisfeitos. Reuniram os peixes e voltaram ao lugar onde aportaram.

— Quer que tratemos os peixes, seu Quinquim? — perguntou Otávio.

— Não. Esses não vão sê tratado.

— Como não? — interrogou Marco Antônio.

— Você vai vê.

O pescador começou a arranjar galhos secos para fazer fogo. Nisto um tiro reboou no espaço.

— Foi Mário, não, seu Quinquim? — perguntou Otávio.

— Já é o quarto tiro... Acho que ele tá encontrando caça. Se é mesmo, vamo tê um jantá diferente.

O fogo já estava aceso quando Mário chegou. Os dois meninos correram a encontrá-lo, felizes de ver que ele trazia algo nas mãos.

— Que é isso, primo? — interrogou-o, admirado, Marco Antônio.

O fogo já estava aceso quando Mário chegou trazendo os marrecos que havia caçado.

— Marrecos.
— Quatro?
— Pois é.

Marco e Otávio tomaram das mãos de Mário as caças e correram de volta.

— Vamo tê um jantá especiá — disse o velho pescador.
— Você foi um bom caçadô... Agora venha vê a lição que eu já lhe dei uma vez, e vou dá também aos minino: o peixe assado de pescadô.

— É muito gostoso, vocês vão ver que delícia! — exclamou Mário, dirigindo-se aos primos.

— Vou buscar o fogão, seu Quinquim?

— Não, Otávio; nem fogão nem frigideira.

Retirando um galho da fogueira, espalhou o brasido e as cinzas, distanciando-os das labaredas. Depois tomou os peixes um por um e colocou-os de lado sobre o braseiro. Ouviu-se o chiar do contato dos peixes úmidos com as brasas, de onde uma fumaça azul se elevava.

Os meninos olhavam boquiabertos aquele processo rude, primitivo, de assar peixe e não entendiam bem. O velho pescador percebeu a interrogação que lhes ia no íntimo e explicou:

— A escama e a pele dos peixe protege a carne contra o fogo; e dentro, as tripa se ajunta tudo num bolinho. Vocês vão vê. E o gosto é uma delícia!

O pescador, com auxílio do galho, virou os peixes, soprou um pouco o braseiro...

— Vão vocês dois à jangada — disse Mário — para trazer os pratos e o sal. Também a farinha. Só não precisa de talher; bastam duas colheres...

Quando os meninos voltaram, o pescador acabava de tirar os peixes do fogo.

— Agora, mininos, veja como é que faz. Mário já sabe...

Cada um tomou um peixe todo preto de carvão e cinza. O pescador e Mário rasgaram os seus com as mãos e apareceu a carne, cheirosa, apetitosa, desprendendo uma fumacinha irresistível. Abriram mais e apareceu o intestino, reduzido a um bolinho, que facilmente removeram e lançaram fora. Em seguida, desprenderam totalmente a pele, sob o olhar admirado de Otávio e Marco Antônio.

— Agora — disse o velho pescador —, é só tirá os pedaço, passá de leve no sal e comê. Mário, vamo prepará os peixe deles. Eles deve tá com vontade!

Quando estavam prontos os outros dois, o velho falou:

— Experimente. Assim...

Mário já comia. Os dois começaram, a princípio um pouco sem jeito; mas logo pegaram a habilidade necessária.

— Que tal? — perguntou Mário.

— Nunca comi peixe tão gostoso! — exclamou Marco Antônio.

— Nem eu! — concordou Otávio. — É melhor do que muito prato enfeitado!

A refeição se prolongou enquanto havia peixe.

— Então, gostaro mesmo? — perguntou o Velho Quinquim.

— De hoje em diante não quero comer peixe preparado de outra forma! — falou entusiasmado Marco Antônio, erguendo-se.

Todos explodiram numa gargalhada.

14 — SURPRESAS

Após o almoço descansaram apenas alguns minutos, andando a esmo pela margem do rio.

— Não podemos demorá — disse seu Quinquim. — Temo pra diante um bom pedaço de rio até chegá o lugá, depois de Almas, onde devemos acampá. Vamo ficá em terra firme, perto de umas lagoa plantada de arroz. Aí tem muita caça, muito peixe; é um lugá muito agradáve.

— Então, vamos embora — propôs Mário.

Os meninos já apanhavam os pratos para lavar.

— Mas antes vamo pelá as marreca — observou o velho pescador. — É com água quente...

Avivou o fogo e pôs a ferver uma panela de água. Quando estava no ponto, mergulhou na água a primeira marreca, que deu para Mário pelar; outras duas aos meninos; por fim, também ele depenou uma.

— Tão gorda, Mário — observou —, vocês vão vê como elas vão chiá na brasa.

A operação demorou pouco.

— Agora, Mário, pra não perdê tempo, você vai tratando delas na viage.

— Certo, seu Quinquim.

— Cuidado pra não caí a faca no rio.

— Não tenha medo. Serei cuidadoso.

Zarparam alegres. Eram duas horas da tarde.

Em pouco tempo o rio desapareceu.

Quando tornou à vista dos viajantes, dobrava para a direita quase em ângulo reto.

— Daqui uma hora nóis tamo no lugá chamado Almas — disse seu Quinquim, consultando o relógio.

— Que é aquilo ali, seu Quinquim? — apontou Marco Antônio para a margem, de que passavam bem próximo.

— Cala a boca, fio; ninguém faça baruio. Mário, jogue a poita devagar na água e tome o rife. Me dê também o meu... É um jacaré... Que minino do oio danado!

Porém o movimento de Mário para apanhar os rifles espantou o réptil, que mergulhou e desapareceu.

— Ih! perdemos! — exclamou Mário.

— Não faz má; daqui pra frente nóis vamo vê muitos — falou o pescador. — Levante a poita, vamo prossegui. Eu vou arriá a vela, porque assim nóis tem oportunidade de vê mió e abatê um deles.

Mal acabara de arriar a vela, justamente na curva que o rio faz no sopé do morro, sentiu o pescador, e com ele todos, que a jangada era arrastada violentamente por algo que eles não viam, como por uma força de atração.

Os meninos gritaram amedrontados, lançando no ar interjeições de espanto, a figura do terror estampada no rosto de cada um.

Mário foi o único que conseguiu falar alguma coisa, e perguntou:

— Que é isto, seu Quinquim?

Como resposta ouviu apenas a ordem:

— Rápido! Vamo amarrá as coisa bem firme na jangada! Depois é sentá ligeiro todos! E cada um agarra onde pudé!

Mário, depois de ajudar o Velho Quinquim a prender tudo à jangada, sentou-se rapidamente no meio da embarcação, abraçado ao mastro; os dois irmãos, Otávio e Marco Antônio, logo pularam e se apegaram com toda força aos pés do banco onde costumavam sentar, e, agachados, aguardavam nem sabiam o quê.

O velho pescador era o único que tinha consciência do fenômeno. Só ele sabia de que se tratava. Vendo o terror impresso no semblante dos meninos, ordenou-lhes com toda a força:

— Feche os óio!

Os meninos obedeceram.

A jangada perdeu a força com que era atraída, e agora girava sobre si mesma, numa velocidade espantosa.

Seu Quinquim correu para junto de Mário e, equilibrando-se com um braço enlaçado ao mastro, chamou a atenção do rapazinho, batendo-lhe no ombro e apontando a água:

— Ói!

Mário olhou... E, estirando o pescoço, procurava ver melhor, embora a jangada continuasse vertiginosamente a girar.

— Misericórdia, Mestre! — exclamou.

— É um ridimunho, Mário.

O bordo direito da jangada, que ficava pelo lado de dentro da curva, parecia querer mergulhar no torvelinho das águas, tão baixo estava; o bordo esquerdo, erguido no ar muito acima do nível do rio, parecia querer voar. O mastro, pendido sobre o abismo, oferecia aos dois, o pescador e Mário, um espetáculo em verdade estranho e aterrador: as águas se abriam, formando um buraco, cujas paredes, girando com incrível velocidade, se mantinham erguidas, mostrando quase o fundo do rio.

Depois de muitos giros em volta daquele abismo ameaçador, Mário, sentindo já um pouco de tontura, gritou para o Mestre:

— Que faremos, seu Quinquim?

Já o velho apanhara um remo e o levantava no ar. Os meninos abriram os olhos a tempo de ver a atitude do Mestre.

Seu Quinquim ergueu o remo no ar, segurando-o pelo cabo, equilibrou-se nas pernas firmemente e bateu, com todo vigor de que dispunha, a pá do remo no meio do redemoinho, atingindo-o nas bordas, de um e outro lado. A água esparramou-se sob o baque do remo, molhando os meninos e quase todo o lastro da jangada.

Viu-se logo o efeito: as águas deixaram de girar, o abismo desapareceu; a correnteza do rio se restabeleceu, e a jangada, equilibrando-se, começou a ser levada para o seu destino.

— Que foi isto, seu Quinquim? — perguntou Marco Antônio, levantando-se todo molhado.

— Explique para nós, Mestre — pediu Otávio, erguendo-se também e sacudindo a roupa.

— Eu esprico. Foi um ridimunho de água — começou o velho. — Ele aparece numa curva do rio ou junto de uma pedra grande. Quando demora de passá, o jeito é a gente batê na água como eu fiz...

— E não é perigoso não, Mestre? — perguntou Otávio.

— É perigoso, sim. Se a pessoa caí dentro tá arriscado a morrê afogado. Graças a Deus que nos livremo deste. Agora é bom vosmecês trocá a roupa que tá moiada... Eu vô desamarrá as coisa.

Os meninos apenas tiraram as camisas e as amarraram no mastro, cientes de que em dez minutos estariam enxutas.

— Agora vamo prestá atenção nos jacaré — disse o velho pescador. — Vamo navegá mais perto da terra, e devagá; todo cuidado é pouco.

Aproximou a jangada mais um pouco da margem, e, com o rifle na mão, olhava atentamente a água e a linha da terra.

— Mário — chamou baixinho —, ói! Atire primeiro!

Seu Quinquim ergueu o remo no ar, equilibrou-se nas pernas firmemente e bateu a pá no meio do redemoinho.

Os meninos olharam também. Um jacaré enorme, deitado na areia, estava imóvel. Parecia dormir. A jangada, próxima da terra, estava quase parada. Mário apontou o rifle e atirou. O réptil, atingido de surpresa, deu um pulo para cima. Outro tiro o atingiu no ar, no pulo. Fora o Velho Quinquim que atirara também. O jacaré caiu agonizante.

— Muito bem! — exclamou o velho pescador.

— Muito melhor o senhor, seu Quinquim! — retribuiu Mário o elogio.

Com os remos, os dois impeliram a jangada para a margem e saltaram na água rasa da ribanceira. Os meninos acompanharam o primo e foram ver de perto o réptil abatido.

— Não chegue muito perto! — gritou o velho pescador, que ficara amarrando a jangada.

Os três se mantiveram a certa distância e só se achegaram quando o pescador os chamou.

— É grande, não, seu Quinquim? — exclamou Otávio.

— É, não tem dúvida, mas o rio tem muito maió que este... Vamo botá ele na jangada e continuá viage.

Não sem alguma dificuldade conseguiram colocar o jacaré na jangada. Só agora viam que o animal devia ter mais de dois metros de tamanho.

Içaram a vela mais uma vez e, aproveitando a brisa da tarde, velejaram rápido. Dentro de pouco tempo passavam por Almas.

— Aqui é mais ou menos o meio da nossa viage — calculou o Velho Quinquim. — Vamo aportá pra comprá pão pro café da manhã. Mário, faz isto que eu vou cuidá de outra coisa.

E, sacando da faca, começou a tirar o couro do jacaré. Não chegou a concluir, porque Mário voltou.

— Pode continuar o trabalho, seu Quinquim, que eu dirijo a jangada — disse Mário.

— Muito bem. Então vamo.

A jangada voltou ao leito do rio, com Mário no timão de remo, e a viagem continuou. Os dois irmãos observavam a operação de esfola do jacaré.

Quando o velho terminou o trabalho, levantou no ar o couro do réptil, cuja altura ia além da sua cabeça.

— Agora — disse — vamo cortá o mió pedaço — a "macaxeira", a parte grossa da cauda — com os quarto traseiro; o resto se joga no rio pros peixe.

E, munindo-se do facão, executou o que dissera, lançando fora o resto.

— Que pena! — lamentou Otávio.

— Não vale a pena — explicou o pescador. — O resto do jacaré não presta. Este pedaço, sim; vai sê nosso armoço, amanhã, moqueado. Vocês vão gostá.

Ajudado pelos meninos, lavou tudo — os ferros, a carne escolhida, a própria jangada que ficou suja de sangue, e depois falou:

— Tamo chegando, mininos. Ói lá a praia, à direita... Pode aprumá a jangada naquela direção, Mário.

A proa da embarcação aprumou para terra. A praia, de areia alva, cresceu diante dos viajantes, alargando-se em grande extensão. O Velho Quinquim arriou a vela e a jangada arrastou na areia, encalhando.

— Lance a poita e amarre firme, Mário — ordenou o pescador.

Mário obedeceu, e todos pularam da jangada.

Eram cinco horas da tarde.

15 — ACAMPAMENTO

— Tem muito trabaio, mininos; vamo distribuí as tarefa: Mário, você corte no mato uma porção de vara, sendo quatro com mais de dois metro de tamanho; Otávio, vá buscá lenha seca pro fogo; e você, Marco Antônio, me ajude a trazê as coisa pra debaixo daquelas duas árvore. Ali vai sê a nossa cabana. Pegue o facão, Mário; e todos ao trabaio.

Cada um cuidou de sua tarefa.

O Velho Quinquim e Marco Antônio apanharam na jangada a lona, esteiras, as redes, e levaram para baixo das duas árvores. Eram dois ipês, talvez irmãos, que nasceram e cresceram juntos. A certa altura do chão as copas se uniam, confundindo-se numa só, entrelaçando-se os galhos. Dois deles, mais ou menos a dois metros de altura do chão, afastavam-se dos troncos em linhas paralelas e horizontais.

— Já deu pra percebê como vai sê a nossa barraca? — perguntou o velho pescador.

— Ainda não, seu Quinquim — respondeu Marco Antônio.

— Nem sabe por que mandei trazê as rede?

— Já vi que estes dois galhos são os armadores, não?

— E amarrá a lona por riba deles faz o resto, não?

— É verdade. Não tinha imaginado...

— Vamo todos dormi em rede esta noite.

— Ótimo, seu Quinquim.

— Agora vamo buscá o resto das coisa.

Quando voltavam, Mário e Otávio também já vinham chegando com as varas e lenha.

— Vamo cuidá, mininos, senão nóis não dá conta... Mário, acenda o fogo que eu vou espichá o couro do jacaré.

E sem ouvir resposta armou-se do facão e começou o trabalho. Mário, ajudado pelos primos, acendeu o fogo.

— Agora pode acendê outro fogo um pouco distante deste, Mário, enquanto eu acabo aqui a minha tarefa.

— Sim, senhor. Já estou entendendo para quê.

— Sabe fazê um moquém? — perguntou o Velho Quinquim.

— Não, mas posso aprender.

— Então vorte ao mato e tire quatro forquia de um metro de artura e mais umas vara pequena... também de um metro.

— É já. Otávio, vem comigo.

A luz do sol já desaparecia, e as sombras começavam a cobrir a terra.

Enquanto aguardavam Mário e Otávio, seu Quinquim e Marco Antônio trataram de armar as redes.

— Muito bem, Marco Antônio — disse o Velho —, agora me ajude a estendê a lona pru riba das rede. E vamo prendê ela pelos canto nos gaio das árvore e tá pronta a barraca.

Não gastaram muito tempo neste trabalho.
— E o outro fogo, seu Quinquim? — perguntou Otávio.
— Vamo acendê ele agora. Mas antes venham vê como se faz um moquém.
Tomou do facão e com ele fez pontas nas extremidades inferiores das quatro forquilhas. Depois, fincou-as no chão, à distância de menos de um metro, formando um quadrado.
— Já entendi — disse Mário.
— Eu também — falou Otávio.
— E eu — confirmou Marco Antônio.
— Agora vamo acendê o fogo no meio das quatro forquia... Precisamo de muita brasa.
— E enquanto faz brasa, tomamos um banho, não? — perguntou Mário.
— É bom! — exclamou o pescador. — Todos tamo suado e cansado, e o banho é um descanso...
As chamas começavam a crepitar no segundo fogo, quando todos se dirigiram para o rio. O calor era intenso e o contato com a água foi refrescante.
— Ninguém sai da beirinha da água! — recomendou com ênfase o velho pescador.
— Por quê, seu Quinquim? — quis saber Otávio.
— Aqui pode tê piranha, meu fio. A piranha — continuou a explicação — é o peixe pior do mundo. No que abocanha, tira o pedaço. Nessa beira de rio tem muita gente sem algum dedo, da mão ou do pé, que a piranha comeu.
— A piranha é capaz de engolir uma pessoa? — perguntou Otávio.
— Não, a piranha é um peixe pequeno; assim, um quilo e meio a dois quilo. Mas anda sempre em grandes cardume. E quando algum bicho vivo é atacado por um cardume desse, tá perdido: em poucos minuto só resta o esqueleto, seje até um boi. Não tem salvação. Se for uma pessoa, as piranha só não come a alma...
Assim prevenidos e instruídos, os meninos banharam-se na beira da água, obedientes às palavras do Mestre.
Voltaram ao acampamento.
Os dois fogos estavam com as labaredas quase extintas. Mas os braseiros eram imensos. Seu Quinquim e Mário aviva-

ram as chamas, lançando sobre as brasas as pontas de paus que restavam sem queimar, e mais lenha. Enquanto isto, os meninos buscaram as marrecas tratadas e salgadas.

O velho pescador cortou quatro varas no mato e preparou quatro espetos. Em cada um enfiou muito a jeito uma marreca e distribuiu aos meninos, pondo de lado a sua. Foi ao primeiro fogo e com um pau espalhou as brasas.

— Cada um sabe o que deve fazê, não? — perguntou.

Os três meninos se abaixaram e puseram os espetos a assar. Enquanto isto, ele foi ao segundo fogo, e, espalhando as brasas entre as quatro forquilhas, colocou nelas as travessas, que encheu de varas, formando uma esteira. Os meninos observavam a operação atentamente.

— Tá pronto o moquém — disse, ao concluí-lo. — Agora é colocá sobre ele a posta de carne, e assá à distância, com fogo lento. É isto que se chama moqueá. É a mió maneira de se comê carne de jacaré.

— O senhor sabe que os índios também assam carne desse jeito, seu Quinquim? — perguntou Mário.

— Já ouvi dizê. E a carne assada desse jeito atura uma vida, sem arruiná...

E sem mais perda de tempo apanhou a posta de carne do jacaré e estendeu sobre o moquém. Só então veio juntar-se aos meninos, para assar também o seu espeto:

— Eu não disse que as marreca tão gorda? Ói como elas chia na brasa! Vai sê um banquete: marreca gorda, assada, com farinha...

E foi esta a refeição da noite para os quatro aventureiros. Comeram com apetite devorador. Nada ficou das marrecas. Cada um deu conta da sua.

Terminaram o jantar já com as lanternas acesas, para verem melhor o que estavam comendo.

O velho pescador foi ao moquém e virou a posta de carne para assar o outro lado. Clareou com a lanterna a que agora estava voltada para cima e exclamou:

— Tá boa! Vai sê uma novidade o armoço amenhã. Vocês vão vê.

16 — A HISTÓRIA

O cheiro do moquém recendia, perfumando todo o ambiente. Todos, mas especialmente os dois irmãos, para quem tudo era novidade porque desconhecido, imaginavam o prazer de saborear carne de jacaré moqueada, que, segundo dizia o pescador, é um bom petisco.

O Velho Quinquim, quando viu que a carne estava moqueada, tirou as brasas, afastando-as para um lado, e deixou que o assado esfriasse lentamente. Depois, guardou-o acondicionado no malote-despensa. Só então convidou os meninos a sentarem-se nas esteiras e apreciarem o nascer da lua, cujo clarão já vermelhava o oriente.

— Agora — disse — vou pagá a vosmecês uma dívida...

— Eu já esperava esse pagamento — adiantou Otávio.

— É a sua história.

— É verdade, seu Quinquim. O senhor nos prometeu... — confirmou Marco Antônio.

— Tou bem lembrado da promessa. Vamo sentá. A lua já tá aparecendo...

Meio disco de prata já aparecia, cortado pela linha escura do horizonte.

O velho pescador começou:

"Eu era criança como vosmecês, ainda menó que Marco Antônio, tinha só oito ano de idade. Comecei a acompanhá meu pai nas aventura da pescaria. Já então eu era louco pela água, e esse amô ao rio São Francisco nunca diminuiu. Ainda hoje eu amo esse rio.

Minha mãe, que Deus tenha ela na Sua glória, não queria que eu fosse pescadô. Queria que eu estudasse, fosse um doutô. Mas eu não quis. O gosto pela aventura e pelos risco da vida de pescadô me atraía de tá maneira que eu larguei os estudo quando ainda tava no primário e só vivia ao lado do meu pai.

Ele tinha uma canoa grande, com tolda, onde eu e ele vivia mais do que em casa. Nela nóis comia, nela dormia mais do que na cama. Ela era o ganha-pão da famia; meu pai pescava e fazia também pequenos carreto de gente e de mercadoria de Juazeiro pra Petrolina, de Petrolina pra Juazeiro e pra muitos outro lugá.

Quando nóis ia pescá, levava às vez muitos dia sem vortá pra casa. E eu me acostumei a isto desde cedo, e nisto fui crescendo. Com o veio meu pai aprendi a arte de pescá, em que ninguém me dá lição; aprendi a arte de navegá, em que também sou mestre; e aprendi ainda a atirá de rife em animá correndo ou voando, e atirá em jacaré ou em peixe enquanto a canoa passa. Tudo devo a ele. E mais: não me aperto pra cozinhá peixe nem caça...

Mas um dia... já faz mais de cinquenta ano que isto aconteceu..."

E o velho enxugou os olhos na manga da camisa.

"Descurpe o meu sentimento...

Um dia nóis fomo pescá — eu e meu pai. Nóis tava numa vorta do rio, acima um pouco de Juazeiro, em água rasa, onde dava pé. Nóis tinha pegado já uma porção de peixe quando sentimo arguma coisa roçando por baixo da canoa, ancorada, donde nóis jogava os anzó. Meu pai oiou pra mim espantado e, dobrando um pouco o corpo, oiou pra baixo. Não teve tempo de gritá nem me avisá de nada. Uma sucuri das grande abocanhou ele no ombro esquerdo e puxou de riba da canoa. Eu só tive tempo de vê aquele rolo que bateu violentamente na água, que esparramô por toda parte. E sumiu pra baixo num merguio. Equilibrei a canoa que quase vira, apanhei minha faca e pulei dentro da água. Senti que meus pé deslizava em quarqué coisa escorregadia e compreendi tudo. Me abaixei bem depressa e enterrei a peixeira naquele corpo estranho uma, duas, três, quatro vez, enquanto tive fôlego. Subi pra respirá e não vi o veio; desci novamente e saí furando a sucuri ao longo do corpo enquanto pude. A faca entrava até o cabo, mas a desgraçada não se entregava. Pelo meno é o que me parecia, pois não sortô meu pai.

Subi segunda vez e terceira vez desci. Usei então de outro expediente: enterrei a faca até o cabo e saí rasgando a sucuri pra tirá as tripa dela. Quando o gorpe, pelos meus cálculo, devia dá um metro de extensão, senti a bicha agonizá. Me em-

purrô pra um lado, com uma dobra do corpo, e levantô a cabeça fora da água, onde eu esperava ela. O corpo do veio boiava um pouco pro lado, onde a água era vermeia de sangue. Fui buscá ele; tava com vida ainda, mas sangrava muito, o ombro descarnado. Com dificurdade consegui botá ele dentro da canoa. Tava desmaiado, mas o coração inda batia. Apanhei o rife e atirei na cabeça da serpente. Queria tê certeza que tava morta. Nem se mexeu: morreu das facada. Passava nesse instante uma canoa de pescadô e eu gritei. Eles atendero e se aproximaro. Pedi ajuda, e eles não se negaro. Mas, que podia fazê também eles? Um se prontificô a i comigo, levando meu pai; o outro cuidô da sucuri.

Levamo o veio pra casa, quase agonizante. Chamamo um doutô. O doutô disse que ele tava em estado de coma. E o veio não acordô mais..."

E o pescador enxugou os olhos outra vez.

— E a sucuri, seu Quinquim, que fim levou? — perguntou Mário, para distraí-lo daquela emoção.

— Depois o outro pescadô me contô que quase não consegue arrancá ela donde estava. Tinha o rabo preso numa pedra e morreu assim.

— E era grande? — perguntou Otávio.

O couro, depois de espichado, dava quase doze metro, meu fio. Um monstro!

— E este rio tem muita sucuri, seu Quinquim? — perguntou Marco Antônio.

— Não, não tem muita. Muita tem o Amazona, e muito maió que aquela. Mas quarqué rio, quarqué lagoa grande pode tê sucuri. E é cobra perigosa: pode engoli uma pessoa e inté um boi.

"Daí em diante" — continuou a história — *"eu assumi a chefia da casa. Eu era o único fio home; tinha uma irmã. Tive que sustentá minha mãe e minha irmã... com catorze ano de idade. Que é que eu podia sê? Não tive escoia: continuei pescadô e sou pescadô até hoje.*

É uma vida dura a do pescadô: sorte boa ou ruim na pescaria, risco de sê pegado por uma sucuri, como meu pai, ou por jacaré, como tem acontecido tanto, ou pelas piranha, a pió fera das água do São Francisco, e muitos outro perigo que ninguém pode imaginá.

A companheira constante do pescadô é a pobreza. Não existe pescadô rico. Quem muito tem, tem uma casa e uma canoa. Assim foi meu pai, assim sou eu.

Minha irmã cresceu e casou. Mora em Petrolina. Bom rapaz, o marido dela.

Minha mãe morreu pouco depois.

E eu, só no mundo, me casei também. Nascero dez fio, oito dos quais são casado e tão espaiado por este mundo de Deus. Em casa resta um fio e uma fia que mora comigo, na mesma casa que pertenceu ao veio meu pai. Minha muié também já morreu.

Agora vosmecês já sabe a minha história, triste como a história de todo pescadô."

— Mas é uma história de coragem, seu Quinquim — falou Mário.

— É, o senhor teve que ser corajoso para viver — completou Marco Antônio.

— O senhor é um exemplo de valentia, seu Quinquim! — exclamou Otávio.

— Chega de tanto elogio, meus fio. Vosmecês gosta demais do veio Quinquim, eu sei. E esta é a minha maió riqueza: tê quem goste do pobre veio Quinquim... Mas vamo dormi. Ói! A lua já vai arta.

— Vamos, amanhã a viagem continua — disse Mário.

— Aqui não é bom ninguém dormi no chão. Na Ilha não tinha nada, mas aqui é terra firme, não convém. Por isso armamo as rede. Vosmecês dorme que eu vou ficá de vigia um pouco. — E cochichando no ouvido de Mário: — Depois você fica no meu lugá...

— Certo. Pode me chamar — respondeu Mário, no mesmo tom de voz.

Deitaram-se todos nas redes. O Velho Quinquim ficou sentado na sua, com o rifle à mão, pronto para qualquer eventualidade. Os outros dormiram logo.

17 — A SUCURI

Era completo o silêncio no acampamento. Nos ares só se ouvia, de vez em quando, o pio prolongado do rasga-mortalha; nos matos não se ouvia o menor barulho que denunciasse a presença de um ser vivo.

Soprava uma brisa suavíssima, que apenas agitava, quase imperceptivelmente, as folhas dos ipês, e trazia, aos ouvidos do velho, de sentinela, o sussurro das águas do rio.

Já ia alta a lua.

O velho pescador, sentindo-se cansado, quis chamar Mário, conforme o combinado, para substituí-lo na vigília. Mas, vendo o rapaz dormir tão profundamente, teve pena de acordá-lo, preferindo deixá-lo dormir mais um pouco.

Para desfazer o sono que quase o vencia, desceu da rede, e, de rifle na mão, saiu de sob a cobertura e andou um pouco, até perto do rio, sob um luar belíssimo. Clareou o relógio com a lanterna: eram duas horas da madrugada.

— Preciso dormi um sono... — disse.

E voltou para o acampamento.

Ao subir na rede, viu Mário mover-se e levantar a cabeça...

— Está na minha hora? — cochichou.

— Tá, Mário, tá na hora; tome o rife e fique na rede mesmo, sentado — respondeu o velho pescador, no mesmo tom de voz.

— Sim, seu Quinquim.

— Fique atento ao que acontece ao redó do nosso acampamento. Não se levante; não saia daqui.

"Por que estaria seu Quinquim com tantas recomendações?" — pensou Mário.

O rapaz não disse mais nada e o velho pescador caiu no sono; daí a minutos estava ressonando.

Mário começou sua vigília.

Pela sombra inclinada dos ipês e outras árvores, percebeu que a lua já ia alta; pelo friozinho que fazia, a brisa fresca que começava a soprar, compreendeu que realmente a madrugada já devia estar no meio e não tardaria o amanhecer.

Ou por causa das recomendações do Mestre, ou porque, ainda menino, receasse alguma coisa, alguma surpresa desagradável, o sono lhe fugiu completamente.

Sentado na rede, enrolado no cobertor, tinha o rifle seguro nas duas mãos e olhava o lado dos ipês por onde eles tinham chegado. De quando em vez, virava-se e observava o outro lado também, que ficava próximo dos matos.

Os dois fogos, que a princípio pareceram extintos, agora mostravam algumas brasas que a brisa descobrira, removendo a cinza.

E tudo era silêncio e solidão. Nada despertava a atenção do vigia. Passaram-se talvez umas duas horas.

Mário acendeu a lanterna sob o cobertor e olhou o relógio: eram quatro horas.

"Daqui a uma hora o dia começa a clarear" — pensou e disse consigo mesmo.

Mas uma surpresa o aguardava. Quando ele voltou à posição inicial, olhou na direção da chegada e viu como um pau grosso, preto, de muitos metros de tamanho, estirado no chão...

"Ô!... que pau é aquele?" — perguntou a si mesmo, em silêncio.

Estirou o corpo e levantou a cabeça para ver melhor... uma extremidade do pau estava para o lado do rio; a outra, mais fina, para o mato.

Não demorou muito, viu a extremidade do lado do rio levantar um pouco e voltar-se lentamente... Dois olhos brilharam ao luar, observando tudo em volta.

"É uma sucuri..." — pensou Mário.

O rapaz teve ímpetos de liquidá-la, dali mesmo, donde estava. Um tiro certeiro na cabeça era o suficiente. Mas o estrondo da arma iria sobressaltar os companheiros e talvez prejudicar-lhes o sistema nervoso. Pensou em imitar o Mestre e ir liquidá-la de faca. Mas teve medo. Afinal de contas, a situação era outra, e ele não precisaria arriscar a vida só por amor à aventura.

Estava nestes pensamentos, quando viu a cobra arrastar-se lentamente em direção ao rio. Só então respirou fundo e percebeu que tremia. Acompanhou com a vista, enquanto pôde, a marcha preguiçosa da sucuri, até vê-la sumir sob ramagens próximas da água, um pouco abaixo do lugar onde ficara a jangada.

Para o nascente já começava o clarão da aurora; não tardaria o amanhecer.

Mário inclinou a cabeça e tirou um cochilo. Quando despertou, o dia clareava. Levantou a cabeça e olhou a rede do Mestre: estava vazia. O pescador vinha chegando.

— Já vi tudo — foi logo dizendo o Velho Quinquim.
— Ela foi para o rio? — perguntou Mário.
— Foi. Você viu ela?
— Vi. Deviam ser quatro e meia quando ela passou.
— É grande, não?
— É. E eu não atirei para não assombrar vocês que dormiam.
— Fez bem, Mário. Um tiro de madrugada, assim num acampamento, faz um baruio medonho...
— Vamos ver o rastro?
— Vamo. Eu já vi e já entendi tudo.

Mário pulou da rede e acompanhou o velho pescador.

— Donde ela apareceu, seu Quinquim?
— Das lagoa que tem aí atrás, Mário. Ói aí: saiu de dentro do mato...
— Quando eu a vi, ela estava parada aqui; levantou a cabeça, olhou tudo em volta... depois foi andando lentamente...
— Andou inté a água, ói aqui. Meteu-se embaixo dessas rama...
— Eu vi quando ela sumiu aqui.
— Mas saiu do outro lado e merguiô na água. Aí está.

Realmente a sucuri deixou na areia fofa um sulco que se estendia desde o mato, donde ela saíra, até a água do rio, onde, por fim, ela entrara.

— Será que ela está aqui por perto, seu Quinquim?
— Não creio, Mário. Ela deve tê descido rio abaixo. Vamo cuidá de um café, que devemo saí já.

O velho pescador soprou as cinzas, onde ainda descobriu algumas brasas, e preparou um fogo sob o moquém. Pendurou nas varas uma chaleira com água e daí a instantes o café estava pronto. Os meninos despertaram.

18 — O COURO

Os quatro aventureiros fizeram a sua primeira refeição — café com pão e manteiga, e queijo que ainda havia.

Depois de descansarem um pouco, lavaram os utensílios de mesa e cozinha e desarmaram as redes e a lona. Posta cada coisa em seu lugar na jangada, acomodaram-se todos e a viagem recomeçou.

Mal atingiram a correnteza do rio, e foi dispensável o auxílio dos remos, o Velho Quinquim levantou-se da popa, onde ia, apanhou os dois rifles, deu um a Mário e retornou com o seu para o seu posto.

— Que pretende fazer, seu Quinquim? — perguntou Otávio, estranhando o que se passava.

— Vamo ficá todos atento, oiando sobretudo a linha da água junto da terra. Tarvez apareça argum jacaré. Não pode tê baruio, nem conversa.

A viagem corria serena. Mário, na proa, segurava o rifle e não tirava os olhos da margem direita, junto à qual passava a jangada; os dois irmãos, no meio da jangada, conversavam aos cochichos; o velho pescador, na popa, era o timoneiro, tendo, aos pés, o rifle, pronto para qualquer emergência.

Velejaram cerca de uma hora sem nenhum incidente. Numa curva do rio, porém, pouco antes de Itamotinga, região conhecida pelas muitas pedras que ali havia, algo chamou a atenção de Mário.

— Seu Quinquim! — falou a meia-voz — que é aquilo lá?

O velho pescador já estava olhando atento. Levantou a mão espalmada e guiou a jangada para mais perto.

— Eu bem que falei... — respondeu, quase cochichando. — Pode apontá o rife e segure a mão.

E ele próprio tomou o rifle, também, e apontou no ponto preto que ambos viam.

Otávio e Marco Antônio olhavam espantados.

— Fogo, Mário! — comandou o velho.

Dois tiros reboaram quase ao mesmo tempo. O ponto preto desapareceu em fração de segundo, e a água do rio levantou em ondas, que se esparramaram por toda parte em volta da jangada.

— Segurem-se, mininos! — gritou o Velho Quinquim. Apenas acabou de pronunciar as palavras, a jangada balançou com violência, para um e outro lado, quase derrubando os tripulantes e as coisas todas dentro da água.

— Lança a poita, Mário! — foi a ordem do Mestre.

O rapaz obedeceu, e a jangada começou a virar a proa contra a correnteza.

O movimento da água foi diminuindo e o Velho Quinquim, de pé, com a faca na mão, observava a superfície líquida, em volta da embarcação, por todos os lados.

Súbito os meninos viram, horrorizados, o velho querendo pular dentro do rio.

— O senhor está louco, Mestre? — gritou Mário. — Não faça uma coisa dessas!

O velho conteve o seu ímpeto:

— É mesmo mió não pulá — disse o velho, com voz embargada pela emoção.

E, observando a tranquilidade da água, compreendeu que a serpente já estaria morta.

— É uma sucuri — explicou Mário aos dois primos. — Mas já está morta. Os dois tiros a atingiram na cabeça...

— Já tá morta, mininos — disse o velho pescador. — Não precisa tê medo; a cabeça tem dois buraco de bala, tá esfacelada.

E, pulando dentro do rio, veio puxando para a jangada o corpo da sucuri. Em seguida, subiu para junto dos meninos.

— Será a que passou no acampamento? — perguntou Mário.

— É bem provave — respondeu o pescador. — Me ajude a colocá ela na jangada. Vamo tirá o couro dela pra fazê companhia pro couro do jacaré.

Não foi fácil colocar sobre a jangada aquele monstro de mais de dez metros de comprimento. Mas conseguiram.

— Agora vosmecês são os jangadeiro, que eu vou tirá o couro da bicha.

Mário assumiu o comando, no timão, e seus primos ajudavam ora a seu Quinquim, ora a Mário, para não retardarem a viagem. Dentro de algum tempo foi Otávio quem assumiu o comando de timoneiro e Mário foi ajudar o velho pescador a esfolar a sucuri.

— *Me ajude a colocá ela na jangada. Vamo tirá o couro dela pra fazê companhia pro couro do jacaré.*

O trabalho demorou cerca de uma hora. Quando deram por terminado, estavam os dois cansados e suados. Enrolaram o couro como se fosse um tapete-passadeira e contemplaram a carne de cor creme e forma esquisita.

— Bonita carne, não, seu Quinquim?
— É bonita, Mário.
— Não se come, não, seu Quinquim? — perguntou Marco Antônio.
— Muita gente come, fio. Mas eu não como, nem consinto que nenhum amigo meu coma diante de meus oio. Eu odeio toda sucuri.

Os meninos entenderam a razão desse ódio.
— Que vamos fazer com ela, seu Quinquim? — quis saber Otávio.
— Jogamo no rio. É comida pra peixe.

E com o maior desprezo empurrou com o pé a parte mais grossa; depois o lado da cabeça da sucuri atingiu a água e arrastou o resto do corpo. Lá ficou boiando, acompanhando de perto a jangada, ambas levadas pela correnteza do rio.

O velho Mestre levantou a vela, para andar mais rápido e a embarcação distanciou-se da sucuri. Durante algum tempo os meninos ainda a viram. Depois, perderam-na de vista.

Ainda não era meio-dia quando passaram por Itamotinga. Fica numa curva do rio. Aí o São Francisco mais uma vez se dirige quase apontando o norte e começa uma linha quase reta até Curaçá.

— Temos que espichar esse couro, não, seu Quinquim? — lembrou Mário.
— Temo. Mais adiante. Onde tivé marge favoráve, com muita vara próxima, vamo aportá pra tratá disto.
— Também está na hora de almoçar, não? — reclamou Marco Antônio.
— Sem dúvida. Mas não vamo perdê tempo. Assim, enquanto nóis dois trabaia no couro, os minino faz um fogo pra esquentá o moqueado. Ali tá um bom lugá.

Aprumaram a jangada para a margem direita e aportaram. Para terra levaram apenas o couro, o facão e uma faca.

— Mário, vá tirá as vara: um metro é a medida. E vocês apanha garrancho seco pra um fogo. Enquanto isto eu preparo o couro pra espichá.

73

Desenrolou o couro no chão, com o carnal para cima, e aguardou. Mário logo veio com um braçado de varas.

O Velho Quinquim, com uma perícia sem igual, começou a atravessar varas à distância de quinze centímetros de uma para a outra, em toda a extensão do couro, retesando-o, no sentido da largura, o mais que podia; depois, com varas maiores que se cruzavam, formando diversos X, retesou o couro no sentido do comprimento.

Quando terminou a tarefa, os meninos já estavam com o fogo aceso, sob um moquém que eles mesmos fizeram.

— Muito bem, mininos! Vosmecês já pode tê diproma de pescadô — elogiou-os o Mestre. — Vamo continuá.

— Pode deixar conosco, seu Quinquim — falou Marco Antônio.

E os dois foram à jangada, donde trouxeram a posta de jacaré e tudo o que fosse necessário para o almoço.

— Agora — disse Mário — para abrir o apetite, vamos tomar um banho.

— Boa ideia — concordou o pescador —, mas tenham cuidado. Aqui é trecho perigoso do rio. Vamo nos banhá todos entre a jangada e a marge, em lugá bem raso.

— Ao mesmo tempo a gente pode lavar a jangada que está suja — disse Mário.

— Sim, mas vamo andá ligeiro, que o estirão do rio pra frente não é pequeno.

19 — O MOQUEADO

Depois do banho, que pouco demorou, não era pequena a vontade dos três meninos de experimentar jacaré moqueado.

— Vamo, mininos, que eu sei que a fome tá danada — convidou o velho pescador.

Eles não se fizeram esperar.

Sentados em volta da esteira que lhes servia de mesa, aguardaram que o Mestre trouxesse o petisco.

Lá mesmo no moquém o Velho Quinquim trinchou o assado em postas, que ia distribuindo aos meninos, cada qual com um prato com farinha à mão.

O banquete se prolongou durante uma boa meia hora. Os três meninos comeram com gosto, saboreando com prazer a carne moqueada de jacaré.

O velho pescador, que via nos meninos discípulos prediletos de sua arte tão variada, gozava não só o prazer de comer com eles um bom prato, como ainda a felicidade de ser o Mestre que lhes transmitia conhecimentos que os livros não transmitem nem a sociedade civilizada conhece.

— Que tão achando da comida? — perguntou o Mestre.

— Muito boa, seu Quinquim — disse Mário.

— E vocês, mininos, tão gostando?

— Excelente, Mestre! — exclamou Otávio.

— É pena que em Salvador, onde nós moramos, não tenha jacaré... — lamentou Marco Antônio.

Todos riram das palavras do pequeno.

Comeram a fartar. Dos cinco ou seis quilos de carne do réptil, sobraram apenas os ossos, onde não havia mais o que roer.

Quando terminaram, levantaram-se, estirando no ar os braços e andando a esmo. Deu em todos a vontade de beber água, o que o Mestre explicou:

— É assim mesmo. Carne moqueada puxa por água, inda mais acompanhada de farinha seca, como agora.

— Vamos beber água para continuar a viagem — sugeriu Mário.

— Sim, Mário — orientou o velho pescador. — Pode bebê água, mas não muita. Deixem pra matá a sede mais tarde. Também não podemos viajá logo. Vamo esperá que o couro da sucuri seque mais um pouco, pra podê dobrá ele nas extremidade das vara que se cruza. E então podemos parti.

— A que horas vamos sair, Mestre? — quis saber Otávio.

— Lá pelas quatro. São duas ainda... E que vamo comê no jantá?
— Na despensa ainda temos pão, manteiga, queijo, biscoitos... — foi dizendo Mário, à medida que se lembrava.
— Então não precisamo de mais nada. Dá pra duas refeição?
— Por que pergunta isto, seu Quinquim? — indagou Marco Antônio, curioso.
— O jantá de hoje e o café amenhã.
— Vamos verificar? — sugeriu Mário ao velho pescador. Foram os dois à jangada e verificaram. Havia comida suficiente para dois cafés.
— A razão é que nóis hoje não vamo mais pescá. E também porque, depois de um armoço desse que nóis fizemo, o jantá deve sê uma coisa leve.
— Amanhã chegaremos a Curaçá?
— Com toda certeza, Mário. Nóis podia chegá hoje, se tivesse puxado um pouco. Mas eu tive em meus plano proporcioná pra vosmecês uma dormida diferente, que vamo tê esta noite.
— Então ainda vamos acampar? — perguntou Otávio.
— Você vai vê — respondeu o Mestre. — Não tenha pressa.

Um barulho estranho que estremecia a jangada por baixo chamou a atenção de todos que, surpresos, olhavam uns para os outros.

O Velho Quinquim foi quem primeiro compreendeu e logo explicou:

— É pedra embaixo. Tamo passando por cima dela. Guie a jangada mais pra dentro do rio, Otávio! — gritou para o menino.

O pequeno timoneiro obedeceu. Mas a embarcação, batendo em cheio numa pedra maior, mais saliente, embora não aparecesse na superfície, pulou por cima como se fosse um cavalo, quase derrubando dentro da água os navegantes e suas coisas.

Saindo do perigo, todos gritaram de júbilo. E a viagem prosseguiu tranquila e serena.

20 — PIRANHAS

O tubarão é a fera do mar; a piranha é a fera do rio. Aquele em geral está sozinho, mas é capaz de devorar um homem e engoli-lo em dois bocados; esta, de pequeno porte, nunca está sozinha, mas em numerosos cardumes. Por isso, quando ataca outro ser vivo, o homem inclusive, devora-o aos pedaços, pois são centenas, milhares de bocas que o mordem, e onde uma boca assenta vai o pedaço, pois não há como resistir àquelas serras de dentes afiados e terríveis.

Infeliz do boi ou do homem que um cardume de piranhas ataca. Não há força nem agilidade nem arma capaz de salvar--lhe a vida. Em alguns minutos ver-se-á o esqueleto boiar à tona da água, avermelhada pelo sangue da vítima.

No rio São Francisco, a piranha é um dos peixes mais comuns. Não existe em toda a extensão do rio, mas só em alguns trechos. Os pescadores antigos, conhecedores que são dos segredos as águas, sabem onde há e onde não há piranha.

O Velho Quinquim, que conhecia tão bem os segredos do São Francisco, sabia que aquele trecho onde agora eles estavam era um dos pedaços do rio preferidos pela piranha. A proximidade, talvez, das pedras, donde vem o nome de Itamotinga, era uma das razões da presença da piranha na região.

Eram mais ou menos quatro horas, quando os viajantes resolveram prosseguir viagem. Já tudo estava lavado e guardado nos seus lugares.

O couro do jacaré já estava completamente seco. O velho pescador tirou-lhe as varas e enrolou-o, amarrando-o em seguida. O da sucuri ainda não estava bem seco. O Mestre dobrou-o em diversos lugares e acomodou-o na jangada.

Guardado tudo o mais, Mário levantou a poita e Otávio tomou conta do timão. O velho pescador içou a vela, e a jangada, com a brisa da tarde que soprava com vontade, voou sobre as águas do rio que parecia apenas tocar.

Só então os meninos viram estender-se o leito do rio, numa linha reta de grande extensão, a perder-se de vista.

— No fim dessa reta tem uma grande curva que o rio faz pra direita, e aí fica a cidade pra onde vamo: Curaçá — disse o Velho Quinquim.

— Mas daqui até lá ainda é longe, não, Mestre?
— Algumas hora de viage, Mário. Nóis inda viaja hoje umas duas hora; depois vamo dormi. Amenhã cedo nóis chega.
— É melhor chegarmos de dia — concordou Mário.
— Tô satisfeito de vê os minino: um vai no timão dirigindo a jangada; o outro domina a vela como um verdadeiro... São dois jangadeiro, não tem dúvida. De você não falo que já é formado há muito tempo, viu, Mário?
— Podemos deixar por conta deles... — comentou o rapaz.
— Não tem dúvida. Eles dá conta.

A jangada ia em plena correnteza. O Velho Quinquim, embora confiasse nos dois irmãos que conduziam o barco, estava atento a tudo. Seu olhar ora buscava as margens, embora distantes, ora perscrutava o céu para estudar o tempo que faria à noite, ora descansava na superfície das águas a observar o que pudessem elas levar ou delas pudesse sair.

Já viajavam há cerca de uma hora, quando o Velho Quinquim, fixando os olhos num ponto, na frente, por onde passaria a jangada, levantou-se para ver melhor. A sua atitude chamou a atenção dos três meninos.

— Que foi, Mestre? — perguntou Mário.

E os três aguardaram resposta.

— Ói na água, com toda atenção. Já tão reconhecendo?

Ninguém respondia nada.

A jangada se aproximava...

— Ainda não sei, Mestre — disse Mário.
— E agora?
— Sim, sim: o esqueleto da sucuri!
— Acertô, Mário. Sabe o que ela encontrô? Um cardume de piranha. Quando eu lancei ela no rio, tinha esperança que isso ia acontecê.
— E aconteceu mesmo! — disse Marco Antônio, admirado.
— Bem merecido! — afirmou o velho, tocado por uma pequena vingança.

A jangada passou pelo esqueleto. Parecia estar com todos os ossos. Mas de carne não restava nada. As piranhas...

21 — EM PLENO RIO

A viagem prosseguia sem mais incidentes.

Os primos de Mário já conduziam a jangada como se fossem dois jangadeiros há muito tempo acostumados à arte de velejar.

O velho pescador e Mário, sentados agora no banco do meio, descansavam da preocupação e da responsabilidade de conduzir a embarcação.

A brisa decrescia de intensidade, retardando a viagem, pois diminuía a velocidade da jangada; ao mesmo tempo esfriava um pouco, anunciando a aproximação da noite. O dia chegava ao fim. Um céu límpido, de um azul-claro, estendia-se por sobre toda a paisagem, cobrindo o rio e os viajantes aventureiros.

— Vamo tê uma noite linda de verão! — exclamou o Velho Quinquim.

— E onde vamos passá-la? — perguntou Mário.

— Será a última lição que eu quero dá a vocês nesta viage — respondeu o Velho Quinquim.

— Já estou adivinhando! — gritou Otávio.

— Vamo dormi como eu dormi inúmeras vez ao lado de meu pai, muitos ano atrás.

— Vai ser muito bom! — exclamou Marco Antônio. — Também já sei.

— Aqui é bom lugá. Otávio! lance a poita e deixe descê até topá no fundo. Depois amarre firme. Marco Antônio, desça a vela e amarre, enrolada. Vamo vê!...

E ele e Mário ficaram a observar os dois que se saíram muito bem no desempenho de suas tarefas.

— Está muito fundo aqui, Mestre — disse Otávio. — A corda da poita foi quase toda...

— É assim mesmo. No lugá fundo tamo mais seguro: à noite os peixe, os jacaré e as sucuri vão pra água rasa da marge. Pra nóis aqui é mais tranquilo.

— Eu pensava o contrário... — opinou Otávio.

— Agora vocês vão prepará uns sanduíche pra comê, enquanto eu e Mário armamo uma torda na jangada.

— E que é tolda, seu Quinquim? O senhor já disse isso outras vezes — quis saber Otávio.

— Vosmecês não lembra. Nóis fizemo uma torda quando choveu, logo depois da ilha de Nossa Senhora: é uma cobertura de lona prá barco, canoa grande, saveiro. Vamo improvisá uma pra jangada, pra nos abrigá do sereno da noite.

Satisfeito com a resposta, Otávio foi preparar uns sanduíches de queijo com o irmão.

O Velho Quinquim, como já fizera uma vez, tomou um dos remos e enfiou o lado da pá entre os paus do lastro da jangada, do lado da popa; depois, ajudado por Mário, amarrou no remo e no mastro da jangada a cumeeira da barraca. Estendeu sobre ela a lona, que caiu para um lado e para o outro, cobrindo quase toda a embarcação: ficara livre apenas a parte da frente, do mastro para a proa, onde os meninos trabalhavam nos sanduíches.

— Agora, Mário, vamo dobrá as berada que sobra da lona e amarrá bem esticada de um lado e do outro, e tá pronta a cabana flutuante.

Quando terminaram, já a noite caíra. Sob a tolda era completa a escuridão, onde só se enxergava de lanterna acesa.

Fizeram uma refeição leve: sanduíches de queijo, doce que ainda restava, biscoitos. Depois beberam água, apanhada ali mesmo, água corrente, fria...

— Vamos preparar o nosso quarto de dormir? — falou Mário.

— É bom! — respondeu Otávio.

— Eu não demoro para ter sono — disse Marco Antônio, já bocejando.

— Vamo dispô as coisa. Vocês dois clareia com as lanterna, que eu e Mário arrumamo elas — comandou o velho pescador.

Os meninos acenderam as lanternas.

— Os couro aqui fora, Mário, na proa.

— Os malotes também, não?

— Sim, também os malote. As vara e as arma pode ficá dentro, encostado à lona.

— Agora as esteiras — disse Mário.

— As esteira dos seus primo no meio; nós dois dormimo de um lado e do outro: você do lado da popa e eu aqui, no pé do mastro.

— Está bom assim.

— Então, mininos, cada um tome o seu cobertô e, quando quisé, é só dormi: tá feita a casa, tá arrumado o quarto, tá pronta a cama... Pode deitá que eu vou ficá um pouco acordado. Veio não tem sono...

Os três não demoraram muito tempo acordados; sentaram-se nas esteiras, depois derrearam o corpo e o sono os venceu. Em breve só o velho ainda cismava, insone.

A lua saiu e subiu no céu. O silêncio profundo que dominava tudo, era ainda maior sob a claridade da lua. O rio era uma planície imensa, onde não se via uma onda, só o reflexo do luar que se perdia na solidão.

Em meio à escuridão profunda, o velho meditava.

Por fim, também se sentiu dominar pelo sono, entrou sob a tolda da jangada e deitou-se em sua esteira.

Tão grande era o silêncio que ele podia ouvir a respiração dos meninos que dormiam.

A correnteza do rio, quase imperceptível naquele lugar em que as águas eram largas e profundas, fazia oscilar docemente a jangada, o que embalava e acalentava o sono dos viajantes. Também o velho pescador adormeceu logo.

22 — MORTO

O sol veio acordar os viajantes aventureiros. Nem todos, porém, despertaram; o Velho Quinquim dormia. Dormia profundamente. Os meninos estranharam aquele sono pesado que o abatera e julgaram fosse devido ao cansaço. Não tinham visto a hora em que ele se deitou... talvez tivesse dormido já madrugada.

Os meninos levantaram-se e ficaram aguardando um pouco, conversando a meia-voz.

Mário, que se sentara próximo ao Mestre, olhava-o de vez em quando, na esperança de vê-lo abrir os olhos e levantar-se para recomeçarem a viagem interrompida. O pescador, porém, continuava imóvel, de papo para o ar, a mão direita sobre o peito, a esquerda estirada ao longo do corpo.

— Vamos chamá-lo, Mário? — perguntou Otávio.

— É bom — acrescentou Marco Antônio — senão vamos atrasar na chegada.

— Eu acho que é o jeito — concordou Mário. — O sol já está esquentando...

E tomou a mão esquerda do velho pescador e chamou-o delicadamente:

— Mestre! Mestre!

Não obteve resposta. Chamou com mais força:

— Seu Quinquim! Seu Quinquim!

O mesmo silêncio. Assombrado, olhou os primos que, de pé, meio inclinados, o observavam...

— Será possível!? — exclamou aterrorizado. — Mestre! Seu Quinquim! Seu Quinquim! — gritou a plenos pulmões.

O mesmo silêncio de gelo.

— Morto! — exclamaram os três ao mesmo tempo.

E romperam num pranto convulso e inconsolável.

Passaram-se alguns minutos dolorosos. Mesmo chorando, eles de vez em quando olhavam o corpo inerte do velho companheiro, na esperança de vê-lo despertar, e abraçá-lo. Nada.

— Que vamos fazer, Mário? — perguntou angustiado Otávio.

— O que nos resta é levá-lo e entregá-lo à filha, em Curaçá — respondeu. E continuou: — Vamos colocá-lo em melhor posição, com o corpo ao longo do lastro da jangada; depois desarmamos a tolda e continuamos a navegar. Vocês dois pegam do lado da cabeça, por baixo da esteira, que eu pego pelos pés. Vamos. Assim está bom. Agora tirem as esteiras de vocês, que eu vou cobri-lo com a minha.

— Vamos tirar a tolda — falou Otávio.

— Sim, vamos desamarrar a lona. Vocês põem as armas e as varas lá perto da proa. Seguram a lona aí perto

Quinquim continuava imóvel. Mário chamou-o delicadamente:
— *Mestre! Mestre!*

do mastro, que eu seguro do outro lado. Vamos puxar devagar e aguentar; enrolando, agora, para não ocupar muito espaço. Vamos amarrá-la aí mesmo do lado... Otávio, você desata a cumeeira do mastro, que eu desato do remo...

— Aqui está pronto, Mário — disse Otávio.

— Também do meu lado. Marco Antônio, você levanta a poita e enrola a corda. Otávio, ice a vela, que eu vou no timão.

As últimas ordens foram cumpridas com presteza. A jangada, livre da âncora que a prendia e guiada por Mário, endireitou a proa para as bandas do nascente, e a correnteza começou a levá-la. A brisa começou a soprar com mais força, e a embarcação desenvolveu velocidade, vencendo distâncias.

Os três meninos, tomados de profunda dor, sentaram-se juntos, na popa da jangada, onde Mário se ocupava em guiá-la como timoneiro. Todos tinham os olhos fixos no velho companheiro e amigo, agora morto, donde raramente desviavam a vista para olhar ou o horizonte à frente, ou as margens distantes. Nada os despertava nem lhes atraía a atenção. Compungidos de dor, silenciavam, aquele silêncio profundo e acabrunhador que só se experimenta ao lado de um morto querido.

— Ainda estamos longe, Mário? — perguntou Marco Antônio.

— O velho tinha-me dito que chegaríamos em três horas de viagem. Já temos mais de uma... Vocês estão com fome?

— Eu não quero comer — disse Otávio.

— Nem eu — falou Marco Antônio.

— Então, vamos, que eu também não tenho fome.

Daí a mais ou menos uma hora e meia de viagem, algo no horizonte despertou a atenção de Mário. Ele ergueu-se e teve confirmação do que supunha.

— Estamos perto — disse.

Os outros se levantaram e viram também surgir no horizonte a linha de casas da povoação. Era Curaçá.

Os pequenos aventureiros não sentiram propriamente alegria, mas experimentaram um alívio na sua aflição, porque teriam, dentro de pouco tempo, com quem dividir a dor que para eles era grande demais.

Mário dirigiu a jangada para aproximar-se da margem, onde eles viam verdadeira floresta de mastros de embarcações ancoradas.

E a cidade de Curaçá cresceu diante deles.

23 — ENTRE AMIGOS

— Acho que não vamos ter dificuldade para encontrar a casa da filha dele — disse Mário.

— Chama-se Quitéria — lembrou Otávio.

— E o genro, marido dela, é Zuza.

— Será fácil — concordou Marco Antônio. — Além disso, quem é que não conhece o Velho Quinquim?

— É bom descer a vela, Otávio; estamos chegando. Vamos escolher um lugar...

E Mário inspecionava entre os barcos ancorados...

— Ali está um, Mário! — gritou Marco Antônio, apontando.

— Ótimo. Lá tem alguns homens num barco próximo; podemos tomar uma primeira informação...

E Mário e Otávio usaram os remos para chegarem mais depressa.

Os homens logo os avistaram e ficaram encarando-os admirados.

— Três meninos! — exclamou um deles.

— Quem serão? — perguntou o outro.

— É coragem! — continuou, pasmado de admiração, o primeiro.

— E vêm de longe. Eu não conheço...

— Nem eu.

— Bom dia, gente — saudou-os Mário, descansando o remo e pondo as mãos no barco deles para evitar que a jangada se afastasse.

— Vocês de onde vêm, meninos?

— De Juazeiro.

— Vêm sozinhos?

— Não. Trazíamos um amigo, que era o nosso Mestre. E Mário apontou o corpo inerte do pescador. E os três começaram a chorar e não puderam mais dizer palavra.

Os dois senhores, que se preparavam para partir, desistiram, para ajudar os pequenos aventureiros. Pularam sobre a jangada e, procurando confortar os três meninos como podiam, aproximaram-se do corpo inerte. Um deles, puxando de lado a esteira que lhe cobria o rosto, exclamou consternado:

— O Velho Quinquim!

— O quê? — perguntou o outro.

— Sim — respondeu Mário, entre soluços. — É ele mesmo. Amanheceu morto... Vinha visitar uma filha que mora aqui, chamada Quitéria...

— É a mulher de Zuza — disse um dos homens.

— Justamente — confirmou Mário. — Os senhores conhecem?

— E muito. Somos amigos. Eu me chamo Oscar e este é Eneias — falou o mais velho.

— Oscar, você pode procurar Zuza, que eu fico com os meninos. Dê a notícia com cuidado e encontre um jeito de levar o Velho Quinquim pra casa da filha.

— Fique tranquilo.

Oscar pulou do barco para o cais e desapareceu. Meia hora depois voltou. Acompanhava-o um casal, certamente filha e genro, a mulher com o pranto nos olhos. Traziam também uma maca, em que puseram o corpo do velho pescador. Com dificuldade, e ajudados por muitos outros que se achavam no cais, conseguiram levar para terra o triste fardo. A filha abraçou-o no maior pranto, com uma exclamação carregada de dor.

— Meu pai, eu esperava sua visita, mas não assim!...

O marido a custo conseguiu desgrudar a esposa do pai morto, e o cortejo fúnebre seguiu até a casa.

— Não se preocupem com o que deixaram na jangada — disse Eneias. — Ninguém bole em nada; depois a gente guarda tudo.

— Sim — disse Mário. — Mas nós queremos voltar logo para casa...

— Ah! Mas vocês não devem voltar de jangada, não. Subindo o rio é ruim. Amanhã, lá pelas dez horas, sobe um vaporzinho; vocês podem ir, levando a jangada a reboque. São cinco ou seis horas de viagem...

— Está bem.

— A que horas o velho teria falecido? — perguntou Eneias.

— Creio que foi pelo amanhecer. Quando o pegamos, de manhã, para ajeitá-lo melhor na jangada, ainda estava quente — disse Mário.

— Agora também está quente: deve ser do sol — falou Zuza.

— O médico vem chegando aí. Foi chamado para dar atestado de óbito — disse Oscar.

Zuza foi encontrá-lo e lá na rua falou algumas palavras que na casa ninguém ouviu.

O médico entrou sob o silêncio absoluto de todos, saudou-os mais com um aceno de cabeça do que com palavras, e, dirigindo-se ao morto, tomou-lhe a mão esquerda, pelo pulso. Depois olhou para todos com tristeza e disse aos donos da casa:

— Esperem por mim às quatro horas. Só então providenciaremos tudo.

— Está bem — sentenciou Zuza.

— Meninos, vocês devem estar mortos de fome, não? — perguntou a filha do Velho Quinquim.

— Nós não comemos nada ainda hoje, dona Quitéria, mas não temos fome — disse Mário.

— Mas não pode ser assim. Vão lavar as mãos e o rosto, e venham almoçar.

E foi ela própria conduzindo os meninos lá para dentro. Já passava de meio-dia.

O Sr. Zuza e D. Quitéria não tinham filhos. Agora, desdobravam-se em carinho e atenção para com os três meninos.

como se eles fossem de seu sangue e de sua carne. Os meninos aceitavam de bom grado toda aquela atenção.

Lá pelas quatro horas chegou o médico.

A casa onde estava o morto já se enchera de gente.

24 — A VOLTA

O médico entrou sob o olhar curioso de todos. Fez-se um silêncio absoluto.

A sala estava cheia de gente: parentes e amigos dos donos da casa.

Numa cama estava deitado o velho pescador, ladeado da filha e do genro. Uma vela acesa num castiçal sobre uma mesinha de cabeceira testemunhava a fé que aquela alma simples alimentara em vida.

Os três meninos estavam também ali perto, sentados.

À presença do médico, todos se levantaram. Ele aproximou-se, pôs a mão sobre a testa do morto, olhou os presentes disfarçadamente e depois pediu que todos se retirassem, que evacuassem a sala.

— Fiquem vocês — disse aos meninos e aos donos da casa.

Todos se retiraram, ficando na sala apenas Zuza e a esposa, Mário e os dois primos.

— Sentemo-nos — disse o médico.

Todos obedeceram.

— A natureza humana — começou a falar — é um mistério. E nós, médicos, em contato diário com a vida e a morte, somos muitas vezes surpreendidos por acontecimentos que nos deixam estarrecidos. Não se espantem com o que possa ter acontecido ao Velho Quinquim, como lhe chamam todos.

O coração padece às vezes de males que se manifestam por diversas formas, inclusive por uma morte aparente.
— O senhor quer dizer que seu Quinquim não está morto?!!! — bradou Mário sem se conter.
O médico o olhou com tranquilidade:
— Ele pode estar dormindo, apenas...
— Não, doutor; isto não é possível! — exclamou Otávio.
— Não quero garantir-lhes que esteja vivo, mas vou aplicar os recursos de que disponho.
Abriu uma malinha, preparou uma injeção e aplicou no braço do morto. Em seguida, auscultou o peito do pescador, tomou-lhe o pulso e, olhando os circunstantes com semblante mudado pela emoção, disse sorrindo:
— O coração bate; está vivo. Retirem esta vela e apaguem-na.
Os meninos e o casal quase não acreditavam, e olhavam fixamente o semblante do velho. O médico falou:
— Ele apenas estava dormindo, hein? Não se dirá outra coisa. Ele não pode desconfiar de nada. Eu vou mandar o povo embora. Quem quiser visitá-lo venha depois.
Mal o médico saiu à porta, os meninos e o casal viram o Velho Quinquim mexer o braço direito e entreabrir os olhos.
Voltou a todos, a vida e a alegria.
O velho se ergueu, sentando-se na cama, e não houve força humana capaz de conter a atração de pai e filha para aquele abraço de encontro. E lágrimas derramaram-se dos olhos de ambos. Os três meninos também choravam de alegria.
— Que aconteceu? Onde tá a jangada? — foi logo perguntando.
O médico, que voltava de lá de fora, foi quem respondeu:
— O senhor dormiu demais, seu Quinquim. E os meninos me chamaram para acordá-lo. Foi só isto.
— Faz tantos ano que eu não tinha mais esse sono... Pensei que tivesse ficado bom... Eu me lembro que me deitei com os minino na jangada... Vocês navegaro sozinho até aqui?
— E o senhor não nos ensinou tudo, Mestre? Tínhamos que aprender... — disse Mário.

89

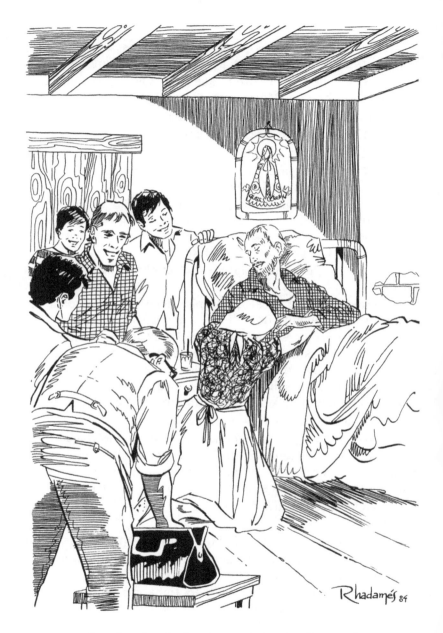

— O senhor dormiu demais, seu Quinquim. E os meninos me chamaram para acordá-lo. Foi só isto.

— Mas é muito... — disse o velho pescador, emocionado.
— O senhor deve estar com muita fome, não, seu Quinquim? — perguntou o médico.
— Que horas são? — interrogou o pescador, olhando o próprio relógio.
— Quatro e meia — respondeu Mário.
— Tudo isto? — admirou-se o velho. — Eu dormi demais... desde onte... Mas filizmente acordei. E aqui estamo todos junto em casa de gente amiga.
— Em sua casa, meu pai; a casa é sua e de seus amigos. E o senhor não sabe o prazer que temos de hospedar vocês aqui quanto tempo quiserem ficar.
— Não posso demorá muito não, fia. Vocês sabe como é a minha vida. Pescadô não tem férias.
— E os meninos, pai, quem são?
— Meus amigo, minha fia. São como meus fio, porque este é Mário, fio de Amâncio, um grande amigo meu; e os outro são primo de Mário e eu tenho eles na mesma conta: são também meus fio.
— Então o senhor já sabe: a casa é sua e deles.
— Cadê Zuza? — perguntou o pai.
— Saiu com Eneias e Oscar.
— Já sei o que foro fazê.
Daí a pouco chegaram os três, trazendo os malotes, a lona, os couros e tudo mais da jangada.
— Pela nossa vontade, seu Quinquim, o senhor e os meninos vão ficar aqui em nossa casa uns dias — falou Zuza.
— Nóis aceitamo o convite, Zuza, se isto não causá avexame.
— Nem pense nisto. Vou guardar estas coisas, depois nós conversamos.
O casal não consentiu que os viajantes voltassem no dia seguinte. Também o médico achou prudente que demorassem um pouco mais.
Quatro dias depois passaria por Curaçá outro barco, tipo chata, subindo o rio. Eles esperariam.
Os meninos divertiram-se muito durante aqueles dias: a cidade para eles era uma novidade; no porto, o movimento de

barcos, de passageiros e de pesca era intenso; a própria vida da cidade era algo novo que os divertia.

No quarto dia chegou a barcaça e o Sr. Zuza foi procurar o dono e conversar sobre a ida dos quatro passageiros e o reboque...

— Do Velho Quinquim? — perguntou o dono do barco.

— Não precisa dizer mais nada.

O dono da chata era um ex-discípulo do velho pescador, e seu antigo companheiro em aventuras de pescarias.

O Velho Quinquim, nos dias em que esteve em casa da filha, recebeu dezenas de visitas. Amigos do casal ou dele mesmo, e até de pessoas desconhecidas que queriam conhecer o homem que "esteve morto".

No dia combinado, uma quarta-feira, logo pela manhã, os meninos, ajudados por Eneias e Oscar, levaram para a jangada todas as coisas: malotes, armas, varas, lona, couros e esteiras. Amarraram tudo firmemente no lastro da jangada e aguardaram a hora da partida.

Às dez horas em ponto zarparam, sob os votos de feliz viagem do casal, do médico e de outras pessoas que os acompanharam até ao cais. Eneias e Oscar também lá estavam.

A viagem foi tranquila e rápida. O Velho Quinquim e os meninos, ora sentados sob a tolda da chata, ora andando para se distraírem, viam de passagem os lugares onde estiveram na ida e apreciavam de relance os aspectos das margens do rio, em constante mutação. Às vezes olhavam a jangada, presa à chata por um cabo de aço, arrastada em velocidade pelo barco a motor.

As horas se escoaram.

Às três da tarde, pouco mais ou menos, começaram a avistar a linha de casas de Juazeiro e Petrolina.

O dono da chata, conforme combinara com o Velho Quinquim, diminuiu a marcha do seu barco, chegando quase a parar no meio do rio. O pescador e os meninos, agradecidos ao dono do barco, foram abraçá-lo. Saltaram para a jangada e desamarraram o cabo de aço, que se distanciou puxado pelo barco a motor.

— Mário, vamo dá no remo e aportá no estaleiro de Zeca — disse o Velho Quinquim.
O moço obedeceu. E a jangada começou a mover-se naquela direção.

EPÍLOGO

A jangada aportou no estaleiro. O armador não os esperava e, surpreso, parou o trabalho que estava fazendo e disse em voz alta:
— Mas que vejo? Não é possível! O Velho Quinquim e os pequenos jangadeiros!
— Em carne e osso, Zeca. Somo nóis mesmo. Você só errou numa coisa: os pequeno jangadeiro só são pequeno no tamanho; mas são jangadeiro completo.
— Saltem, homens; venham para cá. Amarre aí, Quinquim.
Os meninos pularam em terra firme e foram abraçar o velho armador.
— Que tal foi a jangada? — perguntou este.
— Perfeita, Zeca — respondeu o velho.
— Ótima, seu Zeca.
Seu pai saiu daqui nesse instante, Mário. Quase vocês o encontram. Vai ficar feliz com a chegada de vocês.
— Seu Quinquim — falou Mário —, vamos à nossa casa ver meus pais.
— Tá bem, Mário. Eu vô com vocês.
Despediram-se do armador e rumaram para casa. Não gastaram dez minutos. Bateram à entrada.
Quando a porta se abriu, pais e filho e sobrinhos se abraçaram num entusiasmo único, entre exclamações de júbilo e perguntas sem resposta.

O Velho Quinquim, à parte, sorria, saboreando aquela felicidade dos amigos.

— Tão entregue seus fio, seu Amâncio.

— O senhor não vai embora não, Mestre; vai jantar conosco e depois participar da conversa com meus pais — falou Mário.

— Está feito o convite, seu Quinquim. Jante conosco.

E os pais de Mário abraçaram o velho pescador.

— Se todos os veio fosse feliz como eu... — disse, comovido, o pescador. — Tem tanta gente boa que gosta de mim...

— E o senhor esquece que é nosso Mestre? — perguntou Mário.

— Seu Amâncio! Dona Maria! Os minino só são minino no tamanho e na idade! Mas são home. E na minha escola já tiraro carta: são três jangadeiro; são três pescadô. E o veio aqui — concluiu, batendo no peito com orgulho — é feliz, é muito feliz, porque formô eles na profissão.

FIM

ÍNDICE

	Introdução	6
1 —	Os primos	7
2 —	O armador	9
3 —	A jangada	13
4 —	O Velho Quinquim	18
5 —	Preparativos	21
6 —	A véspera	23
7 —	A partida	26
8 —	Pescaria	29
9 —	O almoço	33
10 —	Na ilha de Nossa Senhora	37
11 —	Deixam a ilha	41
12 —	A tempestade	44
13 —	Prosseguem viagem	47
14 —	Surpresas	53
15 —	Acampamento	59
16 —	A história	63
17 —	A sucuri	67
18 —	O couro	70
19 —	O moqueado	74
20 —	Piranhas	77
21 —	Em pleno rio	79
22 —	Morto	81
23 —	Entre amigos	85
24 —	A volta	88
	Epílogo	93